林笑笑相信
这个世界上每个女生都会
遇到一段奇妙的爱情
· I WANT TO SEND ·
· FLOWERS TO YOU ·

罗亦,我想把花送给你呀

米夏 / 著

贵州出版集团
贵州人民出版社

图书在版编目（ＣＩＰ）数据

罗亦，我想把花送给你呀 / 米夏著. -- 贵阳：
贵州人民出版社，2017.6（2020.3重印）

ISBN 978-7-221-14105-7

Ⅰ.①罗… Ⅱ.①米… Ⅲ.①长篇小说－中国－当代
Ⅳ.①I247.5

中国版本图书馆CIP数据核字(2017)第097592号

罗亦，我想把花送给你呀

米夏 著

出 版 人：苏　桦

出版统筹：陈继光

责任编辑：唐　博

特约编辑：江小荨

装帧设计：Insect　蔡　璨

封面绘制：EP.cat

出版发行：贵州人民出版社（贵阳市观山湖区会展东路SOHO办公区A座
　　　　　邮编：550081）

印　　刷：三河市华东印刷有限公司

开　　本：787×1092毫米 1/32

字　　数：250千字

印　　张：8.5

版　　次：2017年 6月第1版

印　　次：2017年6月第1次印刷
　　　　　2020年3月第2次印刷

书　　号：ISBN 978-7-221-14105-7

定　　价：42.00元

目　录

contents

序幕　　　　　　　　　　　　　　　　　001

· 1 · "就是爱八卦社"是个什么社?　003

· 2 · 八卦任务悬赏　　　　　　　　008

· 3 · 最高级别任务,我来了　　　　014

· 4 · 偶像的力量,现场直播!　　　021

· 5 · 全校皆知的秘密　　　　　　　032

· 6 · 第一次相遇　　　　　　　　　039

· 7 · 恐怖的任务报告　　　　　　　046

· 8 · 喻静出马,一个顶一打　　　　051

· 9 · 死党死党,有难同当　　　　　055

· 10 · 学长,这叫锲而不舍　　　　　062

目　录
contents

· 11 · 罗亦的噩梦开始了　　　　068
· 12 · 王子睡着了，要不要偷袭　　075
· 13 · 一场摇钱树的梦　　　　080
· 14 · 冰山，我们不见不散哦!　　088
· 15 · 怪怪的情侣装　　　　097
· 16 · 没有遵守约定的惩罚　　　102
· 17 · 八卦社要倒闭了　　　　106
· 18 · 罗亦被偷拍了?!　　　114
· 19 · 可是林笑笑是冤枉的!　　117
· 20 · 罗亦要被处分了?　　　122
· 21 · 谁是偷拍者?　　　127

目 录
contents

· 22 · 真相只有一个   131

· 23 · 偷拍事件终于结束了   143

· 24 · 罗亦向林笑笑道歉了   148

· 25 · 生活照可不可以?   153

· 26 · 作为朋友,最重要的是什么?   158

· 27 · 不可能完成的任务   163

· 28 · 易诚,你居然敢骗林笑笑!   173

· 29 · 美好的奖金一人一半吧!   177

· 30 · 传说中的"凯撒大酒店"   183

· 31 · 我想送给你的礼物   191

· 32 · 罗亦要在校庆表演?!   199

目 录
contents

·33· 盛大的校庆日　　　　　　　　　　　　　204

·34· 林笑笑落荒而逃　　　　　　　　　　　　208

·35· 易诚，我真的是很喜欢……揍你的感觉　216

·36· 她也喜欢他，好喜欢　　　　　　　　　　221

·37· 一切只是个玩笑？！　　　　　　　　　　224

·38· 爱情里的小误会　　　　　　　　　　　　231

·39· 亲爱的，是我太笨了吗?　　　　　　　　236

·40· 爱情公告　　　　　　　　　　　　　　　242

·41· 我一定会努力的　　　　　　　　　　　　247

·42· 易诚的鼓励　　　　　　　　　　　　　　256

·43· 我想把花送给你呀!　　　　　　　　　　260

序幕

· I WANT TO SEND FLOWERS TO YOU ·

林笑笑的人生目标本来是，考入Ｂ市传媒大学，毕业出来就可以工作、追星、八卦全不落。

可高考发挥失常，8月收到的是本市长宁大学的通知书，居然还是个园林设计专业！什么鬼，她什么时候选了这个专业啊？！

一想到未来几年都要与梅、兰、竹、菊，也许还有花、鸟、虫、鱼打交道，她就觉得生无可恋。花花草草真的不适合她这个外表小白兔内心很逗比的中二少女啊！

转眼，9月开学季。

早上，雨后的空气湿润清香，可阳光一旦透过云层直达地面，还是可以把人晒得恹恹的。

"笑笑啊，学园林设计挺好的，设计系一定也有很优秀的男生，你爸当年就是例子。等到了大学，别只顾着学习不打扮自己，别吃太多零食吃成个胖子……"

林笑笑因为没有考去自己理想的传媒大学，在家郁闷了一阵子。可暑假出去旅游了一圈早就已经治愈了，到了开学时间，老妈一路热情洋溢地夸赞长宁大学，让她对大学生活要充满信心，最后还搬出了自己和她老爸就是在这个学校认识的初恋往事，如果不及时打断，恐怕送到寝室里了还说个没完。

林笑笑正在喝水，差点就要喷出来。

"啊，好的，好的。学校已经到了，您可以先回去给老爸做饭了！"

虽然园林设计不知道怎样，但长宁大学的确是不错的。何况还有死党喻静也跟她一起进了这里，大学生活还是很让人期待的。

为了不让同学们看笑话，大学离家也近，林笑笑就催老妈赶紧回去了。

"林笑笑，啊哈哈……林笑笑我来了……"离校门口还有二十米喻静就看见林笑笑了，冲过来一把抱住她，"你是在等我吗？一日不见如隔三秋吗？"

林笑笑简直欲哭无泪："刚把我妈送走，手机就丢了。我不能告诉我妈，那是我爸暑假才给我新买的，呜呜呜……"

喻静瞬间被冷冻，赶紧安慰并胡乱地分析："我看这应该是财运不济，情场得意……那个什么，也许今天开学就有个帅哥正好捡到你的手机，然后给你送到寝室……再然后就一见钟情郎才女貌双宿双飞……"

林笑笑翻着白眼打断她："白日梦做多了会得臆想症，今天都开学了，你还没睡醒吗？"她果断地做出决定，"走，陪我去找学校的监控室看看。"

· 1 ·
"就是爱八卦社" 是个什么社？

"这位同学，这位同学，就是你，不要再犹豫不决左顾右盼了，就是你！看你天庭饱满，地颌方圆，玉树临风，一表人才，眼神清澈，机敏过人，正是我们社急需的人才啊！"

……

"你不知道我们是什么社？天啊！最近学校论坛的头条置顶你都不关注吗？听清楚了我们就是长宁大学历史悠久，无人不知，无人不晓，呃，你是唯一例外的——就是爱八卦……社！"

……

"喂，同学，同学，你别走啊！我们社福利好、待遇高，还可以带薪休假哦！时刻走在学校八卦资讯的前沿，掌握最新的娱乐动态，更可以欣赏到无数的俊男美女，如此诱惑的条件，整个长宁因为我们而生机勃勃，走过路过千万不要错过啊！哎哎哎，这位同学，你不要走啊，你要是有什么要求，我们可以再商量一下啊——"

……

林笑笑跟喻静一脸焦急地走进校门，挤过一堆又一堆社团招募的人，想找个靠谱的人问问学校监控室在哪里，一路问了几个，感觉都是新生，分不清楚东西南北。

然后就被不远处魔音灌耳的广告震撼了，喻静挂着大包小包扯着林笑笑看。

"炫酷啊！八卦社啊，大学生活果然丰富多彩啊！"

这个打扮得很有个性的男生，头发染成了耀眼的橘黄色，在太阳下闪闪发光；右边耳朵上戴着一个小小的钻石耳钉，随着光线的变换，折射出瑰丽的光芒；一身雪白得让人眼花的休闲服，合体地罩在他身上，身材完美得如同模特一般。喻静看他脸上的表情，一会儿热情激昂，一会儿又怅然若失，被拒绝后，脸上居然还浮现出像一只小狗被主人抛弃的委屈表情，实在是让旁观的两人大开眼界啊！

林笑笑和喻静突然就被一群人挤到了男生的面前。

"同学，你真是太有眼光了，看样子你已经决定要加入我们社了……"男生一脸热情立刻要掏出表格。

"啊，不是，同学，我就是想问一下……"林笑笑想着他应该是学长了，就赶紧问，"学校的监控室你知道在哪里吗？"

"监控室！知道，当然知道，我可以带你过去，"男生一副胸有成竹的样子，"你可以先填一下表吗？"

喻静完全已经忘了她们要去找手机的事情，顺手接过了表格。

"就是爱八卦社？好像很有趣哦，最起码这个招募新人的社员很有趣。加入吧，笑笑一起加入吧！"

然后她们俩莫名其妙地被迫各自填写了申请表。

好在学长带她们去了监控室，但并没有发现偷手机的小偷是何时下手的。

两个人怅然若失地回头去找系里报名，一直折腾到下午才算是安顿好了。

因为是同一个系，所以两个人想办法把寝室也挤在一间了。9月下午的阳光已经没那么刺眼了，黄昏的余光散落在林笑笑的下铺，累成狗的两人各自瘫在自己床上。

林笑笑眯着眼睛打着哈欠，然后瞄到了桌子上"八卦社"的宣传单，瞬间就被广告标题吸引——福利好，待遇高，带薪休假！

有这么违反社会规则的社团吗？

有这么夸大虚假宣传做广告的吗？

有这么适合她去挣钱买手机的工作吗？

反正表格也填了，手机也找不到了，不如就接了这份莫名其妙的工作吧，就当是为日后进入媒体行业做准备！

想到这里，林笑笑的脑海里是这样的画面，加入社团——挣钱——买手机——为社团贡献力量的同时锻炼自己八卦与写作的天赋——然后，毕业还有机会进入娱乐界，曲线救国实现梦想！

"林笑笑，你还不去吃饭，愣在这里傻笑干吗？还流口水了，刚才做梦梦见极品帅哥了？"一个夸张的声音从林笑笑头顶传来，然后一只魔爪抬起了她的下巴。

"喻静，我发现八卦社其实不错哎，挺适合我的！"林笑笑流着口水清晰地回答她。

"是啊，刚才喊你加入你还推三阻四的，怎么，你发现社长其实是个超级学霸帅哥外加富二代吗？"喻静像是小猫到了发春的年纪，所有对话都必须与帅哥有关。

"跟我走吧！"回身拍拍喻静的花痴脸，林笑笑挂着神秘的微笑，迈开步伐，目标——八卦社负责招新的、很有个性的男生易诚！

"这位同学，你看上去——"

林笑笑刚走到易诚面前，却看到他眼神一亮，露出一副如同看到一块上好牛排的表情，口水都快流出来了！

林笑笑终于明白前一位同学为什么要落荒而逃了，换成是任何人，被人当成一块牛排，那种瞎子都可以感受得到的被垂涎感的确是受不了。

"我知道，我天庭饱满，地颌方圆，眉清目秀，后面的你就不要说了。"林笑笑当机立断地打断易诚的话。

"你居然知道我们社的广告词？太好了，对了，这位同学，你一定对我们社十分了解了，你是不是很早就关注我们了，没想到我易诚也是有粉丝的，你要签名吗？笔和纸拿来，我给你签一本……"

这家伙也太扯了吧！他是有健忘症，还是近视一千度？明明我们上午才填写申请表，就等他们社长同意了。人家只是前来问一下他们社是不是真的福利好、待遇高，怎么就变成了他的粉丝了？

林笑笑懒得跟他东拉西扯，直奔主题："你们爱八卦社是不是福利好、待遇高，还有带薪休假？"

"呃——是啊，是啊！"被林笑笑的问话问得有点回不过神来的易诚怔了一下后，傻傻地点头。

"那你们社团办公室在哪里？我上午已经加入了。"

"啊？是吗？"感觉易诚的下巴都要掉下来了，他一脸不可置信地看着林笑笑，脸上的表情说不清楚是惊喜还是惊吓。

"这位同学，你还带一个人来加入吗？你确定她也是来加入的吗？"易诚转而一脸看牛排的表情看着喻静。

林笑笑可以肯定，喻静对他的好感度瞬间降到零。

"她也是上午已经加入了，作为日后同为八卦社的一分子，同学，建议你去看一下眼睛。最后，八卦社在哪里？"林笑笑打断眼前这位"带病"坚持招新的八卦社成员。

"学生会办公室左边第五个房间，门上有我们社的标牌，我可以带你们过去。"

"啊，不用了，真的不用了，我们自己去就好了，拜拜！"收到消息，立刻闪人！林笑笑拉着喻静狂奔而去。

· 2 ·

八卦任务悬赏

· I WANT TO SEND FLOWERS TO YOU ·

林笑笑跟喻静随意在食堂觅了点食，在询问了几位学长后，终于找到了八卦社的老巢，呃，不，是根据地！一间很平常的房子，门口的牌子倒是很嚣张，几个张牙舞爪的大字"就是爱八卦社"，金底黑字，夺目得很。

"咚咚咚！"她们礼貌地敲了敲门。

"请进！"一个清脆的声音传了出来。

女生？难道八卦社的老大是女生？林笑笑跟喻静对视了一眼，推开门走了进去。

门内，一片狼藉，几个忙碌的身影在里面晃来晃去，似乎没有人注意到林笑笑跟喻静的到来。中间有几张办公桌，靠墙放着一张沙发，墙角还摆放着几盆植物，不过看那个样子，估计起码一个月没人照顾了，叶子全都黄了。满地纸片，从桌子上蔓延到沙发上，再蔓延到地上，甚至是墙上。

墙上？那些是什么？

林笑笑的眼球一下子就被墙上那一片花花绿绿所吸引：八卦任务悬赏栏。

罗亦，我想把花送给你呀

/
008
/

八卦任务悬赏栏！任务悬赏栏！悬赏栏！林笑笑的心开始“怦怦怦”地跳了起来，直觉告诉她，要新买部手机应该有希望了，以她跟喻静的聪明才智随便完成两个任务应该是绰绰有余的。

勉强压制住自己的激动，林笑笑一路从下往上看：

大二艺术系的系花苏蕊蕊喜欢哪种类型的男生，悬赏金额：五百元。

五百！不错啊，题目不难。

学生会主席程默喜欢的到底是男生还是女生，悬赏金额：一千元。

劲爆啊！学生会主席爱好这么神秘？林笑笑的眼珠子都快蹦出来了，特别是在看了后面的悬赏金额以后，太震撼了！这个八卦的猛料果然是独特犀利啊！虽然自己刚刚进校手机就被偷了，不过立刻就找到了这么适合自己的社团还可以赚钱，这才是所谓的生活吧！

林笑笑让自己的心情平静了一会儿，想着既然这些排在下面的任务金额都这么高，那么最高的那个应该是多少呢？然后她慢慢地抬起头，眼神往上，往上，继续往上，果然，在临近天花板的地方，赫然用红笔大大地写着：

拍到建筑系罗亦三百六十度高清照片，需包含半身裸照，悬赏金额：五千元。

五千？

五千！

罗亦，我想把花送给你呀

林笑笑激动地捏了一下喻静的大腿，再捏了一下自己的。

　　喻静一下明白了林笑笑为什么要来这里了，这个应该是比去兼职端盘子、做家教更容易挣钱，并且挣钱又多又快的最好方式了。

　　"社长在哪里？谁是社长？"林笑笑一把抓住身边一个清秀的戴着眼镜的女生追问。

　　"你找她有事？"斯文眼镜女生慢条斯理地推推鼻梁上的眼镜架。

　　"我的入社申请通过了吗？我可以马上领任务吗？"林笑笑激动的声音让房间里一下子安静了下来，她感觉到所有人的目光都集中在了自己身上。

　　一片沉寂……

　　半晌后，那个斯文眼镜女生开口了："好吧，你先回答我的几个问题，如果合格了，你就可以加入我们社了。"

　　咦？进社还要考试？如今的校园社团都流行这个吗？

　　"请出题！"看八卦社悬赏这么高，估计是之前的人都失败了。

　　"你为什么要加入'我们就是爱八卦社'？"斯文眼镜女生踢开脚边的一堆纸，一屁股坐在那乱得一塌糊涂的沙发上，摆出一副主考官的架势，而其余的人也都停下了手头的工作，饶有兴致地上下打量着林笑笑，个个脸上都有看好戏的表情。

"八卦对每个人都有一种神奇的诱惑，看起来与每个人无关，但我们却又想窥探别人的秘密。在繁重的学业之余，能为大家提供一些新鲜有趣的八卦，可以让同学们更加愉快地学习和生活，同时八卦社福利好、待遇高，所以我们就来了。"

感觉掩饰了一大段，后面的重点还是那么明显，不过，面前的考官好像还比较满意这个回答。

"那你知道我们八卦社是做什么的吗？"斯文眼镜女生和其余的几个人交流了下眼神，继续问。

"八卦，八卦，当然是大家最想知道什么，我们就去找到什么。当然，对于八卦我们也有自己的原则，不窥探别人生活的隐私。"

林笑笑觉得自己既有天赋还有正义感，估计是平时那些八卦看多了，不过，八卦也还是要有原则。

"那你加入我们八卦社以后打算怎么做？"斯文眼镜女生嘴角边泛起一抹可疑的微笑。

有戏！林笑笑得意地跟喻静对了一下眼色，这个眼镜女生好像要同意她们入社了。

这最后一个问题可要回答好。林笑笑定定神，清了清喉咙："我要做八卦社第一娱记，我要接那个任务！"嘿嘿，一定要抢先才行，要是被别人抢走了那个任务，她们来八卦社也就白来了。

林笑笑杀气腾腾地指着那个最高悬赏金额的任务，一副"谁敢跟我抢，我跟谁玩命"的表情。

"扑哧……"除了林笑笑和喻静，居然……居然全屋子的人都笑了起来。

"好了，我们决定了，你从现在开始加入我们八卦社。我是社长何虹，你叫什么名字？哪个系的？"斯文眼镜女生终于开口了。

林笑笑大吃一惊，她居然就是社长，这么文静秀气的女生居然是八卦社的社长。

"我是林笑笑，她是喻静，都是园林设计系新生，我们两个上午交了报名表，所以还请社长让我们两个一起加入，我们一定可以给社里带来更多惊喜！"林笑笑拉过一直杵在门口的喻静，渴求地望着社长。

"好吧！"何虹几乎没有犹豫一秒，就同意了，"你们明天来报到，我会具体跟你们谈入社以后的事情，今天刚入校你们应该事情还很多。"她微笑着伸出手来。

林笑笑高兴了一秒，迟疑地伸过手去握住何虹的手，期期艾艾地开口："那个……任务……除我们之外还有别人接吗？"

"哈哈……"又是一阵莫名其妙的笑声。

"你放心吧，这个任务不会有别人接了。嗯，最起码你明天来之前不会有人接了。"何虹十分肯定地回答。

罗亦

我想把花送给你呀

· I WANT TO SEND ·
· FLOWERS TO YOU ·

最高级别任务，我来了

· I WANT TO SEND FLOWERS TO YOU ·

设计系的开学典礼是在自己院的一个小礼堂举行的，院长发言、学生代表发言、歌舞表演……基本也就是跟高中时候差不多，寝室几个同学开始还兴奋地跟喻静一起扫描有没有帅哥，这会儿也是昏昏欲睡了。

看着分针一点一点地移动，终于挨到结束了，下午设计院没有安排课程，林笑笑本想喊喻静一起，结果这家伙已经忘了自己也加入八卦社这个事了，说是有一个小动物保护协会社团她想去看看。

好吧，她还是先搞定奖金最重要，昨天晚上就骗老妈说自己手机没电了，用同学的先应付过去的。

林笑笑一路小跑迈向八卦社。这任务会有多艰难呢？拍个清晰照片应该还是可以的，上半身裸照有点难度，但最高级别的奖金总要有点难度的！

嗯，想到那五千块的奖金，林笑笑的心就忍不住"怦怦怦"跳得厉害啊！

当然，如果完成了那个最高级别的任务，那是不是证明她

罗亦：我想把花送给你呀

/
014
/

很有做八卦记者的潜力？说不定以后出去工作也多了一项生存技能。

想到美好的前景，林笑笑加快了脚步，以最快的速度到达了八卦社。

推开门扫视了一下全场，很好，除了自己、社长，还有那个易诚外，没有其他的人，嘻嘻，看来这个最高任务接定了！

"社长好！"林笑笑兴高采烈地打着招呼，冲着社长微笑。看在她这么勤快、这么敬业、这么热忱的份上，快点给她资料吧，快点让她了解情况吧！

"林笑笑，这是你接的那个任务的资料，你研究一下。"果然，善解人意的社长丢过来一张轻飘飘的纸。

"就这么一点？"林笑笑接过纸，上面只有简洁的几行字：

罗亦，男，身高184CM。

建筑系大二学生。

爱好：打篮球。

晕倒！这就是所谓的资料？有跟没有有区别吗？

"没有他的照片吗？"她连人都不认识怎么去拍他的半裸照片啊？

林笑笑哭丧着脸看着社长，这最高任务果然是不能随便接的啊，什么资料都没有，她拍鬼去啊！

"照片啊，这里有一张。"旁边一只手递了一张照片过来。

罗亦，我想把花送给你呀

林笑笑直觉地接过来："谢谢。"低头一看，怒！

"易诚！"林笑笑怒火平地烧起。这个家伙，她要的是罗亦的照片，他塞给她一张他自己的照片干吗？要她拍他的半裸照片吗？

"你不是要我的照片吗？我现在就给你一张啊。我知道你有一点仰慕我，不用不好意思，也不用这么激动，不过我要申明，我的照片只能看不能摸哦！"

易诚这个浑蛋！这个自恋狂！

不能摸是吧！林笑笑阴阴地冷笑。

"易诚，你的照片不能摸是吧？"林笑笑脸上挂着微笑，细声细语地问。

"是啊，不能摸——你在干吗？"易诚刚刚点头，林笑笑就很爽快地"唰唰唰"几下，将照片撕成了碎片。

她走到窗边，轻轻地松手，细小的纸片慢悠悠地在秋风里翻着跟头飘走了。

"不是不能摸嘛，我没摸啊，我只是撕而已！"林笑笑拍拍衣角，越过易诚，走到社长面前，马上换上可怜巴巴的表情，"社长大人，难道真的没有罗亦的照片吗？"

社长推推鼻梁上的眼镜架，慢条斯理地从口袋里掏出一张照片："有啊，在这里。"

真是服了社长了，这么重要的东西，怎么可以放口袋里呢，害她着急了半天。

林笑笑立刻抢过照片："谢谢社长，我带回去研究了。"

然后一把揣到口袋里，闪人！

　　林笑笑找了个僻静的角落，从口袋里掏出照片，眼前一亮，虽然这张照片一看就是偷拍的，角度什么的都没抓好，只拍了一个侧面，可是，仍然无损照片上那个人的风采。

　　浓密乌黑的头发修剪得干净利落，只有几缕不听话地垂落在眼帘处；飞扬的眉毛，整齐服帖；眼睛居然是丹凤眼，微微地眯起，长而浓密的睫毛微微上翘，在眼睑处映下淡淡的阴影；鼻子高而挺拔，嘴角微抿，有几分冷酷，淡漠地看着前方……

　　哇哦！林笑笑的脸不自觉地红了，光看侧面就如此赏心悦目，她十分理解，为什么他的半裸照片会被悬赏至五千大洋了，依她来看，一万都值得啊！

　　林笑笑看着手里照片坚定地自言自语："罗亦同学，委屈你了，反正你人帅身材好，露一下也没什么损失，但可以满足一下全校花痴少女的心，我的手机就指望你了！"

　　林笑笑此刻真是为喻静难过，去看什么狗狗，难道帅哥不比狗狗有意思多了？

　　"建筑系……建筑系……建筑……哈，终于找到了！"林笑笑按图索骥，找了大半个校园，才终于找到了神秘的建筑系。

　　一楼、二楼随机找了几间教室，还是没有个头绪，她顺手拉过一个经过的学长："学长，请问一下，你知道罗亦学长在哪里吗？"

林笑笑有点心虚，但又要装出一副自己是星探的架势，看来今天只能先打探出罗亦的日常活动范围，才好制定目标，完成任务啊！

"你是？"那个学长仔细打量了林笑笑一下，疑惑地问。

"我是咱们园林设计系的新生林笑笑，学长。"林笑笑扬起招牌无敌可爱的微笑，大方地自我介绍。

"你就是林笑笑？"学长的眼睛一下子亮了起来，仔仔细细、上上下下地将林笑笑好好地打量了一下，看得林笑笑浑身不自在。

林笑笑疑惑地看着学长的表情，真是奇怪，那种好奇、狐疑，还有一丝丝看好戏的期待是什么意思？

看好戏？她眼睛花了吗？学长脸上怎么会有这样的表情？

林笑笑眨眨眼睛，再度看去，果然，学长的表情现在正常了，是单纯的好奇，不过，她怎么还是觉得有点怪怪的呢？自从加入八卦社，接下那个任务后，总觉得别人看自己的眼光都是怪怪的，有些什么看不懂的含义。

不过，一向信奉事到临头再想办法的林笑笑，很快将这个疑惑抛到了脑后，乖巧地露出微笑："是啊，我找罗亦学长有点事情咨询。"

这位学长啊，麻烦你快告诉我好吧，不要再问了，再问我就保持不了这么乖巧的笑容了，我会不耐烦地暴走的……林笑笑在心里默默地祈祷。

看来上天是听到了林笑笑的祈祷，学长嘴角边泛起一个神秘的微笑："他在打篮球，一会儿要去澡堂冲澡，你现在去，时间刚刚好。"说着还冲林笑笑眨了眨眼睛。

林笑笑恶寒一下！

怎么学长的话听起来似乎别有用意？不过，不管了。

"谢谢学长！"她走之前不忘记展现一下自己的淑女气质，礼貌地道谢，挥手告别。

从建筑系出来，已经快要中午了，林笑笑肚子有点饿，但是一想到刚才学长告诉自己的那个消息——罗亦在打篮球，一会儿要去澡堂冲澡。

哈哈……还是先去碰碰运气吧！

也许是天意？他一会儿去冲澡，肯定要脱衣服，一脱衣服，嘿嘿……

那半裸照片不就手到擒来？

……

林笑笑似乎可以看到，当她将拍到的罗亦的半裸照片放到社长面前，然后在大家羡慕、嫉妒、崇拜的眼神中接过悬赏奖金的情景……

哇哈哈哈……

没想到这么顺利机会就来了！

最重要的是，在她之前，居然没有人敢接这个任务！

唉，看来八卦社真的是没什么能人啊，她有机会做到长宁大学的第一"娱"记！手机什么的就都有了。

"那个女生在那里一会儿傻笑，一会儿挤眉弄眼的，她是不是之前高考压力太大，精神失常了？"耳边一个声音，将林笑笑从美好的臆想中拉了出来。

　　"咳咳……"林笑笑咳了一声，以迅雷不及掩耳之势，华丽丽地闪人了。

偶像的力量，现场直播！

· I WANT TO SEND FLOWERS TO YOU ·

一路小跑到篮球场，远远地可以看到一群人将篮球场围得水泄不通。不用看就知道，几乎全是女生，因为她们的尖叫声、喝彩声简直可以将篮球场翻过来了。偶尔还有只言片语的口号飞进了林笑笑的耳朵，什么"……罗……我们……你"之类的。

难道 NBA 球星来他们学校巡回演出了吗？可是，如果真的是 NBA 球星，应该是男生比较多啊，女生谁喜欢那些黑得太健康的球星啊，一个个又不帅！要喜欢也喜欢小贝去啊，还有意大利的蓝衣军团，一个个帅得天地失色，让人看了就忍不住口水滴滴答答啊！

难道是……莫非是……罗亦？

林笑笑脑子里灵光一现，凭借罗亦的姿色，再加上刚才学长那暧昧的眼神、神秘兮兮的微笑，莫非是迷恋罗亦的女生，所以声势如此浩大？

她明白了！肯定是学长误会她也是花痴罗亦的粉丝！

不过，谁说她不喜欢罗亦呢？她比其他女生都喜欢他啊，因为他代表着她目前最急需的钞票啊！说她爱死他都可以啊，只要他能让她赚到那笔钱把手机买了！让她老爹不那么心疼。

走到篮球场边，果然如此啊，一个个女生神情激动、脸色绯红，每个人都在尖叫，林笑笑甚至听到有人嗓子都嘶哑了，还在拼命地尖叫，那声音叫一个撕心裂肺啊！她都不忍心听了！

而且，罗亦的这些粉丝团，居然还是有组织有纪律的，喊声都是整齐划一的。

林笑笑无比郁闷地瞪着面前这群罗亦的粉丝，太夸张了吧，居然将篮球场围了个水泄不通，无论她从哪个方位、哪个角度看，都看不到里面的情景。林笑笑甚至趴到地上，试图从那若干条腿的缝隙里看到一点点的蛛丝马迹，可是，她不得不承认，她失败了！除了腿，还是腿，她啥都没看到！

失败！彻底的失败！让人不能忍受的失败！怒了！林笑笑绝对不允许自己的赚钱道路上出现这样的失败！

不过，从目前的形式看来，她一个人肯定对付不了罗亦这么多粉丝。算了，她退而求其次好了，既然看不到，她可以来个守株待兔啊！

林笑笑想着，自己一路找到这里，运气都很不错，也许自己在外面耐心地等等，罗亦那只兔子就会乖乖地撞到面前来了。

打定了主意，她安心地找了个不引人注意的位置，无聊地看着那些粉丝发呆。

真是壮观啊，平日里只在电视里看到过那些粉丝如何疯狂地迷恋偶像，今天终于看到了现场直播啊！

人群里一阵骚动，然后是尖叫声、哭泣声、呼喊声，接着，就看到人群顺着一个方向流动。有手里捧着九十九朵玫瑰花追上去的，有抱着比自己还高的毛茸茸的玩偶跌跌撞撞地奔过去的，更有牵着横幅招摇过市的……

林笑笑看得津津有味，这么轰动的场面，也只有罗亦才配有吧，看来他的粉丝还真是狂热啊！估计是他训练要结束了，所以粉丝们要抓住这最后的机会，跟他表白吧！

训练结束。林笑笑脑子半天才回过神来，立刻拔腿跟了上去，在心里痛骂自己：林笑笑，你这个白痴，看戏看得差点忘记正事了，要是误了大事，自己就回去找根面条上吊好了！

幸好！幸好！看着被粉丝们拖延了脚步的罗亦，林笑笑不由得大大地松了一口气，好险好险！还来得及！

躲躲闪闪地跟在罗亦和他的粉丝们身后，林笑笑终于看到澡堂的大门了，心开始"怦怦"地跳了起来，成败马上就要见分晓了！

林笑笑小心翼翼地从书包里掏出社里提供的小巧精致性能高的数码相机，调试好，现在万事俱备，只欠东风——只要等罗亦进入澡堂，过五分钟她就冲进去，趁罗亦没有回过神来的时候，"咔嚓咔嚓"按下快门，然后——嘿嘿嘿嘿，她就可以拿着照片，到社长面前领赏，最后五千大洋就稳稳当当地躺在她的荷包里了！

哇哈哈哈……

脑海里显现出当她冲进去，罗亦目瞪口呆，一脸尴尬和羞怒的样子，她忍不住开心得嘴角扬到了天上，那个场面一定很精彩！

不过，那些粉丝们也太能黏人了吧？都过去半个小时了，怎么还将罗亦堵在离澡堂十米处不放人呢？

她们不放人，罗亦就不能去冲澡，罗亦如果不去冲澡，她拍什么去啊？

她火大啊！她着急啊！她郁闷啊！求求你们了，都走开好不好啊？

你们堵着罗亦不让人家洗澡多么不人道啊？怎么可以这样呢？而且你们这样破坏了她的好事，她现在要做的可是惊天地泣鬼神的大事啊，如果拍到了罗亦的照片，可是利国利民，有利于你们的啊！

林笑笑真的想跳出来大喊一声，让她们都闪开，然后让人家罗亦去澡堂洗澡，她好偷拍。

眼看着时间就这么被罗亦的粉丝们浪费，她这个大好的前途无量的记者，居然只能偷偷地躲在角落里苦等，她简直要喷火了！

如果可以，她都想冲上去，将那些粉丝一个个地拖开，然后推罗亦进去了！

她火大地瞪着那些破坏自己计划的粉丝，恨不得上去一人咬一口解恨！

终于！终于……

在她牙齿都要磨碎，扯光了方圆五米以内的杂草，无聊得数到了102689的时候，人群慢慢地散开了。然后，她看到一个身影，酷似罗亦，不，绝对是罗亦，恍如闪电一般，闪入了澡堂！

等的就是这一刻！林笑笑心里大喜，一个鱼跃，从地上跃起，直奔澡堂而去。

"吧唧——"林笑笑刚刚抬腿就摔了个四脚朝天，嘴里还被迫含了一口她刚才拔掉的野草！她的腿啊，蹲了这么半天，已经麻木得走不了路了，刚刚准备窜出来，结果，上半身刚刚探了出去，下面的腿脚却不配合，一软，直接摔了个四脚朝天！

"呸——呸——呸——"狼狈地将口里的野草吐了出来，她检查自己全身上下，衣服上全是灰土，胳膊有一点擦伤，不过都不太严重！

林笑笑恨恨地瞪一眼那些粉丝，都怪她们啦！如果不是她们，她也不会等这么久，等到腿都麻木得失去知觉了！

不过，为了那五千大洋，忍了！

林笑笑拍拍身上的灰土，揉揉自己的腿，好不容易恢复了知觉，终于能站起来了。

仔细观察一下现在的环境，澡堂门口全是罗亦的粉丝把守，她现在进去，肯定是送死，要不就是号召人家抢她的生意，所以，她打消掉从正门进去的念头。

幸好她做事还是有后手的，既然A计划被迫终止，那么就执行B计划吧！

林笑笑阴阴地笑着，罗亦，你等着，我马上就来找你了！虽然感觉此刻自己有点跟个色狼一样，她还是警惕地看了一下四周，很好，没有人注意到自己，哈哈，这样再好不过了，正好适合顶风作案，呃，是完成大业！

林笑笑好不容易蹭到了澡堂的后门，嘿嘿，这个世界上，果然是天无绝人之路啊！还好自己英明早就预见到了这一刻，所以提前做好了准备。

嘻嘻，真是老天帮忙啊，后门一个人都没有。林笑笑以前所未有的利落身手，飞快地闪进门里，反手关上门。

太好了！没有人发现！林笑笑拍拍胸脯，安慰一下自己怦怦乱跳的心。偷拍人家照片，心理承受能力还是要好一点的。像她这样从来没做过坏事的人，第一次就要上来偷拍人家的半裸照片，心脏都快跳出来了，要不是看在那五千大洋的份上，她早就不干了！

"钱啊，手机啊，爹啊，我这也是勤工俭学自力更生，可遭罪了啊，你知——啊——"她刚抚摸着胸口转过身来，就对上了一双脚。

脚？林笑笑后知后觉地将这个词在脑子里思索半天后，才愣愣地抬头，好高啊！这是第一印象，脖子都要仰酸了，还没看到人家的脸！好冷啊！这是第二印象，因为她对上了他黝黑深邃的眸子，赫然是——罗亦？！

"你……你怎么会在我后面？你现在不是应该在洗澡的吗？啊——"林笑笑立刻捂住自己的嘴。真是笨啊！见过笨的，没见过自己这么笨的！这不是不打自招吗？这样还怎么拍罗亦的照片啊？

哭！不过罗亦真人比照片还要帅呢，浓密的发丝因为运动而有些凌乱；细长的丹凤眼，此时正散发着冷幽幽的光芒；嘴唇紧紧地抿成一条缝；双手在胸前抱起，身材高大挺拔，她似乎可以看到他衣服下雄浑有力的肌肉了，好可怕！尤其是他浑身上下，由内而外地透露出他此时非常不爽的心情。

不爽的心情？这个意识将林笑笑从美色中拉了回来，她在心中暗骂自己：林笑笑你这个色女，都什么时候了，居然只顾着欣赏美色，还不快想办法！

"你是谁？鬼鬼祟祟地到男生澡堂干吗？"罗亦冷冷地开口。哇，语气简直可以冻死一条鱼啊！

可惜林笑笑是一个堂堂正正的人，是绝对不会怕这样的威胁的！她忽略掉正在发抖的双腿和双手，挤出一个比哭还难看的笑容："呃，我是来参观一下男生澡堂，比较一下男生澡堂和女生澡堂有什么区别的，我真的不是来偷拍你的照片！我林笑笑发誓！"

她要死了！她要自己找块豆腐撞死了！她要自杀以谢天下了！

林笑笑，你什么时候笨成这样了啊？你怎么可以蠢到这样的境界呢？老爸老妈啊，我对不起你们，我辱没了你们的良好基因啊！

此时，林笑笑恨不得给自己一记耳光。

"偷拍我的照片？"罗亦一字一顿地开口，澡堂的温度一下子就降低了温度，她的腿肚子也开始抽筋了！

"不是，真的不是啦！我真的就是单纯地想看看男生女生澡堂的区别，我真的没有别的意思啊！"死都不能承认啊！坚决不能承认！看着罗亦的脸色，林笑笑的脑子里警钟长鸣，提醒自己千万不要承认，否则会死得很难看。

"那你手里拿着的是什么？"罗亦下巴微微一扬，示意林笑笑看她自己的左手。

低头，她左手正拿着数码相机，完蛋了啦！这下人赃并获，林笑笑怎么都别想能撇清楚了。

怎么办？我该怎么办？林笑笑脑子飞速地运转，期待能想出一个好一点的解决办法来。

她偷偷地用眼角扫了一下罗亦，过分！这个时候了，居然还衣衫整齐，进澡堂不是要洗澡的吗？不是应该衣冠不整的吗？如果那样，她就可以冒着被追杀的危险，抢拍得手，然后想办法逃窜啊！

可是罗亦这个样子，压根没有洗澡的打算啊。不仅穿戴整齐，甚至比在球场上穿得还多，连脖子都被毛巾捂得严严实实的！

这个主意自动从脑子里删去，那么她就只有一条路了——

闪人！

此时不走，更待何时？林笑笑一边用眼角注意罗亦的一举一动，一边搜寻逃命的路线。

呜呜呜，我刚才为什么要顺手将后门关上？现在一条好好的逃生道路就被自己活活断送在自己的手上了。而对面就是罗亦，看他那身材，自己肯定不是他的对手啊。

她还不想死，所以和他正面冲突绝对不在她的考虑范围之内。左右两边都是墙壁，她没有茅山道士的穿墙术，也不想撞墙去死，所以，这一条路也排除！

那么，林笑笑悲哀地发现——没路可走了！

好吧！真正的勇士是敢于直面人生的！

林笑笑，也要直面罗亦。

强迫自己镇定下来，林笑笑抬头直视罗亦的眼睛："你想怎么样？"

"对于想偷拍我的人，我一般只会这样——"罗亦嘴角边泛起一个冷冷的微笑，上前。

林笑笑立刻狗腿地主动让路，他轻巧地打开后门，然后——

"砰！"

林笑笑一阵头晕眼花，在看到无数的星星在她面前闪耀后，终于落在了地上，拍起了老大一团灰尘。

我的屁股呀！那个该死的罗亦！居然将自己一脚从门里踢了出来！太过分了！我的屁股啊！我全身的骨头都快散架了啊！

"罗亦！"林笑笑吐吐口里的灰尘，狼狈地一跃而起，要冲进去找罗亦理论。

　　"喱！"

　　他居然当着她的面把门给摔上了，还好她收脚收脸收得快，要不，她的脸肯定要撞成大饼了！

　　"罗亦——"林笑笑怒吼！你不要以为我是迷恋的那群花痴中的一员，我和她们都不一样。既然你这样对我，那我林笑笑反而不干了，不拍到你的半裸照片，我就不叫林笑笑！

罗亦
我想把花送给你呀
· I WANT TO SEND ·
· FLOWERS TO YOU ·

· 5 ·
全校皆知的秘密

· I WANT TO SEND FLOWERS TO YOU ·

"喻静，你说，怎么会有这么恶劣的男生啊！他居然，他居然踢我的屁股！他居然踢我一个如花似玉的淑女的屁股！这是人能做出来的事情吗？尤其是一个好歹还有几分姿色，长得人模狗样的男生，亏我还以为他是个绅士呢，原来他就是一个痞子！比易诚还可恶！气死我了！气死我了！"林笑笑张牙舞爪地在寝室里暴走！实在是不能抑制住自己心中的愤怒！

她打从出生起到现在，从来没有遭受过这么大的屈辱。居然被一个陌生的男生踢了自己的屁股。还好没人看到，要是被人看到了，她直接就不用活了！

耻辱啊！绝对的耻辱啊！

"喻静，你到底有没有听到我说的话啊？你怎么一点反应都没有啊？"她在这边已经气得快要爆炸了，喻静这个家伙居然在打瞌睡！

林笑笑怒气冲冲地冲到喻静的面前，低头冲着她的耳朵大吼："喻静，你到底有没有听我说话！"

"听到了！不就是你被罗亦踢了一下屁股嘛！"喻静懒懒

地睁开眼睛，不咸不淡的表情。

这个表情实在是让林笑笑的怒火一下子烧到了顶点："什么叫不就是被罗亦踢了一下屁股！？"她用一跳三尺高来表达自己的愤慨！

"你是淑女吗？哪个淑女会去男生澡堂偷拍人家的半裸照片？"喻静闲闲地甩过来一句。

林笑笑被噎个半死！如果不是确定喻静是她从小到大的死党，她真的怀疑喻静是不是也是罗亦的粉丝！

"那不是因为工作吗？我本质上还是淑女的嘛！我们一起长大的你还不了解？"林笑笑有些心虚气短地辩解，怎么可以这么说呢？死党这个时候不是应该立场坚定地站在自己这一边的吗？怎么可以胳膊肘往外拐呢？

"好吧，我现在就去揍趴他，然后拎到你面前随便你折腾，你就是扒光了他的衣服拍全裸照片我都没意见，如何？"喻静站起身来，活动着自己的手脚关节，一副要大开杀戒的架势。

林笑笑仔细考虑了下喻静的建议，呃，直接揍晕了拖过来，想怎么拍就怎么拍，这个提议好诱人哦！想象一下，这样一个帅哥昏迷不醒地躺在那里，任她为所欲为，想怎么拍就怎么拍，她的口水就控制不住滴滴答答地流了下来……

呃，不行！不行！打住！不能再想了！再想她脆弱的良知就要动摇了！我是淑女，我是淑女！我是一个好人！我是个好学生！我要的只是那五千块，可不想为了五千块让自己后半生在监狱里度过啊！

林笑笑回过神来的第一个反应就是赶快拉住已经走到门口的喻静。

"呃，不要了，我是个有气节、有自尊、有骄傲的人！从哪里跌倒，就要从哪里爬起来！既然偷拍不行，那我就来正大光明的。我跟他好好商量，他总不能再将我踢出来了吧！"

对！就这么做！既然偷偷摸摸地去拍不行，我去找那个罗亦好生商量一下，让他配合一下，说不定他就同意了呢！

打定主意，林笑笑决定立刻就将想法付诸行动！

对着镜子整理了一下自己的衣服和头发，刚才的狼狈怎么都不能让人看到。还有，要收起心中的愤怒，要微笑！要微笑！要甜美地微笑！要露出八颗牙齿地微笑！

OK！在镜子前挤眉弄眼了好久，林笑笑终于确定了自己以什么样的表情去见罗亦：露出八颗牙齿的微笑，充满真诚和善意的眼神，我就不信还打动不了罗亦！

这一次轻车熟路地再度来到建筑系大楼，林笑笑正在犹豫该找个什么借口。

"林笑笑学妹！"

一个迟疑的声音在林笑笑身后响起。

林笑笑狐疑地扭头，那个不是先前告诉自己罗亦在打篮球，然后会去冲澡的学长吗？怎么他看自己的眼神这么奇怪？

"学长你好！"林笑笑乖巧地微笑点头示意。

"你昨天没有见到罗亦吗？"学长打量了林笑笑一下后开

口。

"有见过啊，不过——"林笑笑犹豫了一下，要不要说自己很没面子地被罗亦踢出来了呢？好像很丢脸耶！

"你……你……"学长的眼睛一下子瞪得比牛眼还大，似乎大白天看到了女鬼出来游街一样。

搞什么啊？难道自己的样子很吓人吗，能让学长吓得连话都说不出来？还是自己出门的时候，脸上粘上了什么东西？

林笑笑立刻从背包里掏出一面小镜子，对着镜子左看右看，上看下看，很好啊，脸上一点瑕疵都没有，头发也一点都不乱，完全就是个风度好气质佳的网红小美女嘛！怎么会让学长露出那么惊讶的表情呢？活像是见了鬼一样！

"学长你怎么了？"确定自己仪容很整洁后，林笑笑将镜子放回背包，不解地看着学长。

"你还活着？"学长脸色一会儿青一会儿白一会儿红的跟调色盘一样，半天丢出一句话，让她差点跌倒！

什么叫她还活着？她这不是活得好好的吗？她好像这是第二次见这位学长吧，她跟他没什么不共戴天的仇恨吧……林笑笑挠头，有些迷惑。

"学长，我好像是活生生地站在你面前的。"林笑笑小心翼翼地看着眼神一下子变得惊喜无比的学长，警惕地退后了一步。

"学妹，我崇拜你！"学长一步冲上前，抓住林笑笑的手，激动地摇晃着。

这位学长怎么看，怎么觉得有点怪怪的，莫非他精神失常？不会吧，长宁难道会招疯子吗？林笑笑看着被学长紧紧抓住的手，都快哭出来了。

"学长……你……你崇拜我什么啊？"林笑笑糊涂了，在学长这么狂热的眼神下，她简直有逃跑的冲动啊！天啊！她做了什么事情，能让学长这么崇拜她？

"你是不是拍到罗亦的照片了？"学长眼睛闪闪亮亮地盯着林笑笑。

呃？呀？林笑笑震惊地看着学长，他怎么知道她去拍罗亦的照片了？这个事情不是只有八卦社的同学们知道吗？

"你不知道吗？从你接下那个任务开始，全校就都知道了。大家都在打赌这次你能不能成功地拍到罗亦的照片呢！"学长兴致勃勃地给林笑笑解释。

林笑笑这才发现，原来已经将自己的疑问问了出来。

"什么？"她大惊。

全校都知道了？那不是罗亦也知道了？我说怎么自己制定得那么好的计划被破坏了呢！原来根本就是人家知道了，做好了万全的准备啊！我说怎么学长昨天告诉自己罗亦在打篮球，会去澡堂冲澡，还笑得那么神秘呢，原来根本就是等着看自己的笑话……

可恶！到底是谁泄漏出去的？我非要砍了他不可！

"学妹你不知道吗？来找罗亦的女生只有两种人：一种就是他的粉丝；一种就是跟你一样，来拍他的照片的。而你的照片，昨天就已经全校皆知了。大家都知道你接了那个任务，要拍罗亦的半裸照片。"学长进一步给林笑笑解惑。

可恶透了！她有种被人算计的感觉！

"学妹，告诉学长，你怎么今天还会来找罗亦？你昨天不是拍照失败了吗？"学长一脸要跟林笑笑好好八卦八卦的神情。

"你怎么知道我失败了？"林笑笑简直要崩溃了。长宁里果然是高人无数啊，好像自己的一举一动都被人拍下来了一样。

"当然啊，罗亦昨天神色跟以前一样，肯定就是你没得手啦。不过我比较感兴趣的是，一般跟你一样失败的女生个个都会落荒而逃或者哭着回家修养几个月，有的甚至转学了，从此以后见到罗亦都会躲着走。你怎么还能跟没事人一样再来找罗亦？"学长眼睛眨啊眨的，眨得林笑笑浑身鸡皮疙瘩都起来了。

"啊？"林笑笑下巴都快掉下来了，这个罗亦这么厉害？

"你不知道吗？罗亦对想要拍他半裸照片的人从来不留情。每个被他修理过的人都不敢再出现在他面前了！"学长看林笑笑的眼神就跟看到史前动物或者外星人一样。

崩溃！没想到罗亦居然是这么厉害的人物啊！看来他踢别人的屁股不是第一次了，难怪身手如此敏捷。不过，她是不会这么快就放弃的！

"谢谢学长告诉林笑笑这些，那么你知道罗亦学长现在在哪里吗？"林笑笑打断学长的话。现在重点是找到罗亦，跟他好好商量一下，偷拍不成，那就光明正大的采访，游说他做成一个官方、大气、正面、积极的学校风云学长的专访报道！嗯，就是这样。

"他在图书馆。"学长很合作地给出消息。

"谢谢！"

林笑笑一脸正气，淡定又自信地转身离开，留下学长一人搞不清楚状况。

第一次相遇

· I WANT TO SEND FLOWERS TO YOU ·

一路朝图书馆杀去，林笑笑心里不忘记思索一会儿该怎么跟罗亦谈判。

嗯，动之以情，晓之以理，诱之以利！她确定了作战方针，信心百倍地挺起胸膛，在图书馆里搜寻起罗亦的身影来。

很快，就在窗户边的一个座位上看到了他的身影，他正低头专心致志地看书。他的眼神专注，一只手托着腮，另一只手随意地放在一边，偶尔抬起两根修长的指头翻动一下书页。睫毛忽闪忽闪地偶尔眨一下，几丝头发落了下来，在眉毛附近摇摆。窗外的阳光透过白色的百叶窗，轻轻地洒在他的身上和侧面上，脸颊和鼻梁上的淡金色的绒毛都清晰可见。整个人像是被光晕包围的天使一般，高贵、优雅。

呃，不行！不行！不能再用欣赏的眼光看下去了，我来是谈正事的，不是来欣赏男色的！林笑笑立刻将自己从迷惑中拉了出来。

深深地吸了一口气，林笑笑迈开步子，径直走到罗亦对面坐下，轻轻地咳了一声，试图让罗亦注意到他对面的自己。

/
039
/

这个家伙，完全没有反应，连眼皮都不抬一下，眉毛都没有动一下。完全忽视她的存在，将她当空气一样无视！

"咳咳……"林笑笑的拗脾气也上来了——我就不信你不抬头看一下。

可他仍旧无动于衷。

"咳咳……"林笑笑也不甘示弱。不过，嗓子这么咳真的好难受哦！

罗亦好像电视里那些老和尚入定一样，完全不搭理她。

怒了！真的是怒了！怎么可以这样对她呢？

"咳咳……咳咳……"豁出去了！顶多回去多买点胖大海喝，我今天跟你拼了！看谁有耐心一些！

终于有反应了，不过不是罗亦，而是背后一个声音响起："这位同学，你是不是喉咙不舒服？要不要吃药？"

林笑笑倒！回头，图书馆老师一脸关切地站在她的身后。她立刻挤出一脸的微笑："没事，没事，就是有点痒，已经好了，没事了！"

老师疑惑地看了看林笑笑，然后点点头："那就好，如果还是不舒服，就去吃药，等好了再来吧！你这样咳嗽会打扰到别的同学的！"

"是是是，我知道了，谢谢老师关心！"林笑笑笑得十分狗腿地送走了老师，转过来，脸就垮了下来。

看来，罗亦这家伙不能等他开口了。不过也没关系，谁开口不是说话，你不说话，我说一样的！

"罗亦学长——"林笑笑换上在镜子面前练习了半天的表情，露出八颗牙齿的微笑，充满真诚和善意的眼神。

罗亦充耳不闻，继续无视她！

我受够了！这个罗亦有什么了不起的！凭什么这么拽啊！不要以为有求于他就摆出这种高高在上的架子！我还真不吃这一套！

林笑笑气哼哼地劈手夺过罗亦面前的书，如愿以偿地看到他抬头了，用冷淡的眼神看着她。

他不说一句话，就让林笑笑感到了一股压力。本来气势如虹的林笑笑，在和他的眼神对视了不到三秒，突然有种心虚害怕的感觉，让她差点就想将书立刻放回去，然后跟他说对不起，再乖乖地溜掉了！这个家伙的气势实在是太可怕了，光是眼神都可以让人觉得充满了威胁啊！

不过一想到那五千大洋，林笑笑压抑住心里的冲动，继续保持着真诚的微笑开口说道："学长，我有点事情想跟你商量。"

看看罗亦的眼神，仍旧淡漠，没有任何的改变。

好吧，好吧！我就当他是同意听自己跟他好好商量了。

林笑笑努力让自己的语气真诚真诚再真诚，让自己的笑容灿烂灿烂更灿烂！

"学长，是这样，我是咱们学校八卦社的成员林笑笑。呃，我一进社就听到了你的大名，听说你是全校最最有气质的男生。今天一见，果然是玉树临风，风流倜傥，比传说中的你还要帅气挺拔。那些明星和你一比，给你提鞋都不配啊——"

开头给他戴几顶高帽子，他应该不会有什么意见吧？林笑笑一边夸罗亦，一边仔细观察他的脸色。嗯，还是那一百零一号的淡漠表情。

"学长应该知道，我们长宁有很多你的粉丝，大家都很喜欢你，支持你，崇拜你。你在她们心目中，就是明星，就是神，就是偶像，就是活着的希望——"

呃，这样夸他是不是太过了，林笑笑心里暗暗地问自己。

"呃，学长，我们八卦社你不要觉得是很没档次的那种，我们现在其实是想把八卦也做得积极正面有意义，所以既然你已经如此受到大家的崇拜，我们干脆把你评选为长宁大学的风云学长，做一些积极正面的报道，让看八卦的同学们在娱乐的同时感受到你的正面与阳光。那对你的粉丝和学校来说，都是一件多么有意义的事情……"林笑笑简直觉得自己是天才，说得自己都要感动了，干脆不管不顾地继续。

"你的那些粉丝每天在学校里能看到、感受你的万丈光芒，可是回到家里就会觉得失去了阳光，失去了希望。然后她们就无心学习，无心吃饭，无心睡觉，这样对她们的身体、她们的学习都不好对不对？我相信学长一定也不会希望自己的粉丝为了自己茶饭不思，无心睡眠，学习成绩下降对不对？像学长这么品德高尚、高贵的人，一定不会希望发生这样的事情。所以呢，我们八卦社就想到了一个解决的办法，我想学长一定愿意配合的对不对？"林笑笑一边说，都一边佩服自己，"其实，学长你只需要小小地配合一下下，让我们拍几张照片，采访几个问题，然后发放给你的粉丝们，那么她们回家就可以看到你了，可以感受到你的人格魅力，感受到你的气息。这样她们的生活就比较有寄托，这是一件功德无量的事情啊！学长一定不会推辞的对不对？"

虽然对面那个家伙没有一点反应，林笑笑还是不放弃游说他！

"呃，虽然，那个照片可能拍的时候，需要学长，呃……着装清凉一点点。可是，你想想，佛祖可以割下自己的肉喂老鹰，修成了正果，而你，只需要牺牲那么一点点，就可以解救无数姐妹，你们的境界都是一样的！"

罗亦虽然仍旧保持着那个姿势没动，可是眼神和表情还是有了一些变化。眼神凌厉了那么一点点，眉毛扬高了零点零五公分，嘴角下撇了零点零一公分。虽然几乎可以忽略不计，不过，在她如此强悍的观察力下面，罗亦的这些小动作都逃不过她的眼睛。

林笑笑有些郁闷了！好吧，好吧，说了半天，好像都没能打动他，那么只能出最后一招了！

"这样吧，我们也知道,让学长平白牺牲是有些不近人情！所以呢，我们也准备了小小的一份礼物，我们八卦社只要采访到你，我们是有奖金的，所以，我决定奖金的一半给学长，补偿学长的心理损失，你看如何？"

林笑笑仔细地观察罗亦的神色。

这个可是她的杀手锏了，奖金平白分他一半耶！她的心都要滴血了。可是，为了拍到照片，完成任务，她忍了！

我都牺牲这么大了，怎么罗亦这个家伙还是一点反应都没有啊？到底成不成，总要给我回个话吧？这么一言不发，什么意思嘛！

咦？是不是罗亦心动了，只是碍于面子，所以不能开口承认？

林笑笑脑子里突然一亮，换上体谅的笑容："我知道学长心里也是愿意牺牲的，这样我就当你默认了哦？"废话，随便摆个姿势就两千五百块，不愿意的那是猪！

"那我什么时候拍照？学长你说个时间吧！"看自己多体贴啊，唉，做人做到我这样，也真是难度很高啊！

"不愿意！"

正当林笑笑满怀期待地看着罗亦，等待他说出一个时间，她就可以拿着相机随时候命时，却听到这样三个字。

"你说什么？"林笑笑不敢相信自己的耳朵，这是面前这个淡漠的家伙说出来的话吗？

"我说，走开，滚蛋！"罗亦一脸不耐烦地看着林笑笑，眼神里满满的是鄙夷和厌恶。

鄙夷？厌恶？这个家伙居然敢用这样的眼神看她林笑笑，太过分了！

"要滚也是你滚！这是图书馆，又不是你家，你凭什么要我滚？"去他的照片！去他的钞票！去他的千人崇拜万人景仰！

本姑娘现在很不爽！不伺候了！一个罗亦有什么了不起，还真当自己是根葱啊！

罗亦冷冷地看了林笑笑一眼，然后站起来，从林笑笑手里抽过那本被抢走的书，从口袋里掏出一张卫生纸，仔细地擦擦被她摸到的地方，然后将卫生纸顺手扔到了垃圾筒里。他用轻蔑的眼神扫过林笑笑，不做停留地转身就走。

气死了！林笑笑第一次有杀人的冲动！他……他居然用卫生纸擦她刚才碰到过的地方，还用那么嫌恶的表情！

这个罗亦立刻登上了林笑笑最讨厌的人的榜首！

"啪——"林笑笑狠狠地踹一下桌子，宣泄一下自己心中的怒气。

"哎哟——"我的脚啊！我都被罗亦气糊涂了，居然拿自己的脚和桌子去PK，妈呀，疼死了！

"这位同学，你已经严重干扰了别的同学的学习，请你注意一下好吗？"阴魂不散的图书馆老师又出现在林笑笑的身后，看样子是从林笑笑咳嗽的时候就盯着林笑笑，看到她这么嚣张，实在是忍不住了吧。

林笑笑快快地站起来，一瘸一拐地走出了图书馆。

真是倒霉的一天！

7

恐怖的任务报告

"喻静，我要杀了他！我要杀了他！"林笑笑一瘸一拐地走到喻静面前，发泄自己心中的郁闷和怒火！

"哐当——"

一声巨响，喻静扔了一把刀在林笑笑的脚下。

林笑笑吓得飞快地退开。

"喻静，你这是干吗？"还好她身手利落啊，要是迟一点，那把刀就要落在她的脚上了。

"你不是要杀人吗？刀给你啊！"喻静一边把玩着双截棍，一边漫不经心地回答。

林笑笑满脸黑线地看着喻静，真是彻底无语了！

"你……你……我只是发泄一下自己的怒气好不好？没说真的要去杀人，杀人是犯法的啊！"无比郁闷的林笑笑只能跺脚泄愤了。

"说吧，他又怎么得罪你了啊？"喻静叹了口气，放下手中舞得虎虎生风的双截棍，终于肯专心听林笑笑诉苦了。

"那个自大可恶讨厌无耻的家伙，你知道他怎么对我吗？

我跟他晓之以理，动之以情，诱之以利了半天，他居然就丢给我三个字——你走开！"想到那一幕，林笑笑就火大，心里的那团火又被浇了一勺油，烧得更旺了。

"你怎么跟他说的啊？他居然毫无动摇？"喻静眼睛一下子瞪圆了，十分感兴趣地凑了过来，不过看她的表情，怎么都是好奇多过替林笑笑打抱不平。

"我先夸他帅得天下无双，说世界级的大明星给他提鞋都不配。然后又阐述了他对我们学校女生的吸引力和作用，希望他能本着牺牲小我，成全大我的精神，做一下长宁大学的形象代言。学习佛祖割肉喂老鹰的优良传统，稍微牺牲那么一下下，拍几张稍微清凉的照片以慰女生们的相思之苦，为学校的安定团结做一点贡献，并且提出了奖金分他一半耶！你说我容易嘛我？他居然直接就让我走开让我滚蛋！太过分了！你说他是不是卑鄙无耻下流品位没格调到了极点啊？你说他不是那个什么金玉其外，败絮其中的代表啊？你说他是不是欺人太甚？你说他是不是罪该万死？"她越说越觉得罗亦那个家伙犯下的简直就是天理不容的罪行！

"你是这么跟他说的？"喻静嘴巴张得大大的，眼睛瞪得圆圆的，一脸不可思议地看着林笑笑。

"是啊。"林笑笑沾沾自喜地看着喻静，"你是不是也觉得我说得很有道理？"

林笑笑期待地看着喻静，希望得到她的表扬。

"我只能说，人家只说让你走开，真的是很有涵养了！"

喻静回过神来，摇了摇头，"要是我会直接给你一拳头，让你闭嘴的！"

"我好像没说什么过分的话吧？"看着喻静严肃的表情，林笑笑有些不确定起来，难道我真的说了什么不好的话吗？

"看看这个，你就知道你有多么幸运了！"喻静丢过一沓资料，差点没把林笑笑压死。

"这是什么？"林笑笑忙着稳住身子，莫名其妙地问喻静。

"看了就知道你有多么幸运的东西。"喻静丢下一句话，继续埋头玩她的双截棍。

林笑笑翻开资料，一接触到第一行字，她就把眼睛瞪到了最大。越往下看，心里的惊骇越大，不仅眼珠子瞪得快掉出来了，下巴也快掉了，背心上冷汗也一阵一阵地冒了出来。

这个报告实在是太骇人听闻了！这个罗亦实在是太厉害了！这个任务绝对是不能完成的任务！而她这次很白痴地当了一回棋子！

通观所有的资料，林笑笑得到的消息个个都是重大新闻啊。自从罗亦进入长宁以来，就有无数的女生想获得他的照片。于是八卦社顺应时势和潮流立刻发布了拍到罗亦照片的任务，当时任务一发布，无数的能人志士前赴后继英勇无畏地扑了上去。

但是，无一例外地都战败而归。

那些前辈想尽了办法，有偷偷躲在澡堂一天一夜打算偷拍的，差点饿死不说，最后还被罗亦丢进游泳池差点淹死；有想用美人计勾引罗亦，拍到照片的，最后那个女生被罗亦丢到了黑屋子里，据说里面有无数蟑螂，那个美女第二天就转学了；有想霸王硬上弓打晕罗亦，然后想趁他昏睡好拍半裸照片了事的，结果被罗亦打晕，被他摆成各种难看姿势流着口水的照片传遍了全校，不得不退学走人……

这些资料看得林笑笑浑身的寒毛都竖了起来，天啊！太恐怖了！这还是人吗？原来罗亦是这么恐怖啊？她终于明白那个学长再度见到她的表情是什么意思了！以罗亦的个性，以及他对想偷拍他照片的人的严惩态度，她能活着，并且能再度去找罗亦，的确是太不可思议了！

她应该庆幸自己运气好、福气多，没有遭受罗亦这样的对待啊！

上帝！阿门！感谢你们的眷顾！

她也终于明白这个任务奖金为什么这么高了，真的是不可能完成的任务啊！也明白了为什么当她高呼要接受这个任务的时候，八卦社里的人笑得那么诡异的原因了！

我说怎么这么高的奖金在那里，没有人接呢！搞了半天，是因为都怕死啊！也就是我没搞清楚状况，傻乎乎地就接了！还好！还好！现在醒悟还来得及，我现在洗手不干还可以照旧过自己的太平日子。我发誓，再也不惹罗亦那个瘟神了！绝对是披着人皮的大尾巴狼啊！

罗亦
我想把花送给你呀
· I WANT TO SEND ·
· FLOWERS TO YOU ·

8

喻静出马，一个顶一打

· I WANT TO SEND FLOWERS TO YOU ·

"看明白了？知道自己有多幸运了吧？"喻静酷酷地在一边看林笑笑的笑话。

林笑笑擦擦自己额头上的冷汗，放下资料，长长地吐了一口气："我知道自己有多幸运了，我明天就去跟社长说，不接受这个任务了！天啊，这简直不是人能做到的事情嘛！不，我应该现在就去跟社长说！"说着就要起身找社长。

"你真的确定要去找社长吗？"喻静的声音在林笑笑刚踏出一只脚后响起。

林笑笑回头，怒视喻静："你这不是废话吗？"真是的，她都起身了，难道还有假的吗？

"那你的手机就没希望了，只能回去哭着找妈再买一个了。"喻静懒懒地看了林笑笑一眼，直指问题的核心。

呃，五千块啊，好想要啊！我想自力更生赚钱花呀，那么多花花绿绿的钞票啊。本来以为没多大难度靠自己智勇双全的它们会乖乖地跑到自己荷包里的，可是现在，一张张都长了翅膀，扑啦啦地要飞走了！心痛啊！心痛死了啊！

迈出去的脚停顿了下来，林笑笑犹豫，犹豫再犹豫。

算了！林笑笑壮士扼腕地叹了口气，下定了决心，钱没了想别的办法再赚，可是人命被罗亦玩没了，拿什么来享受这美好的大学生活啊！怎么算都不能为了五千块丢掉自己的小命吧？

五千块，我对不起你们啊！和你们相比，我的小命更重要啊！

林笑笑在心里跟奖金挥泪告别！

"不舍得也要舍得啊，我的命比五千块值钱多了！"下定了决心，林笑笑坚定地迈出了第二步。

"也是啊，难得你分析得这么清楚，命还是最重要的！"喻静这个没良心的居然这个时候还调侃她。

"废话，金钱诚可贵，生命价更高啊！走，陪我一起去！"林笑笑狠狠地一眼瞪过去，打算拖喻静一起去。

"那个……我啊——"喻静欲言又止地看着林笑笑。

"搞什么啊？有话你就直说啊！"林笑笑收回刚刚要迈出的脚步，不解地看着喻静。到底搞什么啊？她今天说话怎么吞吞吐吐的？

"呃，我还是不陪你去了！好丢人的哦！那天，你那么豪气冲天地拍着胸脯接下了那个任务，而且一副谁跟你抢，你跟谁玩命的架势。今天灰溜溜地去说不干了，我才不要陪你一起被人鄙视呢！"喻静坚决地拒绝了。

怒！这个家伙，能不能不往自己的心上捅刀子啊！真不愧是死党啊。

现在林笑笑的脚就像被钉在了地板上一样，怎么都挪不开步子！真是火大啊！

和喻静大眼瞪小眼了半天后，林笑笑终于挫败地开口："那怎么办啊？我也不想的啊！你以为我不觉得丢人啊？"她郁闷地玩着自己的手指头。

"那个，或许你还有机会呢？"喻静眼珠子转了一转，开口说道。

"什么机会？我要是有机会早就拍到罗亦的照片了，怎么可能现在在这里伤脑筋啊？"林笑笑白了喻静一眼。

"不是啦，我是觉得你和罗亦都交手两次了，可是却毫发无伤。这在以前可是不可能的哦，凡是偷拍罗亦的人，没有一个有好下场的！所以，或者，你……"喻静丢给林笑笑一个意味深长的眼神。

搞什么啊？敢情她老人家不用亲自下场啊？我那是运气好，上帝他老人家保佑着我，所以才留着活蹦乱跳的小命呢！

"那是我运气好，我不可能每次运气都那么好的！"林笑笑心里有了一丝的松动。好像是哦，自己两次不都是化险为夷了吗？或者老天真的站在自己这一边？在还有一丝丝的希望的时候，让自己放弃这个又可以出名又可以赚钱的任务，真的舍不得啊！

内心挣扎犹豫！犹豫挣扎！

"反正，我丢不起那人，我是绝对不会陪你去撤销任务的！"喻静丢给林笑笑一句话，又径自埋头玩起她的双截棍来！

自从喻静上次说要去加入小动物保护协会，结果找错了门，到了"武术爱好者协会"，看里面有一半的帅哥，瞬间就加入了，每天回来不是拿着个双截棍甩来甩去，就是捏着一把小刀练习防身术。

看着喻静那一副摆明了死都不跟她一起去的架势，林笑笑怒向胆边生，拍案而起："有什么了不起的，我就不信会拍不到罗亦的照片！怎么都不能丢这个人！豁出去了，大不了一死！我一定要拍到他的照片！拿到那五千给我陪葬！"

对上喻静惊愕的眼神，林笑笑扯扯嘴角，苦笑！

我刚才说什么了？我刚才好像宣誓自己绝对不会放弃，一定要完成任务，拿到奖金？

那一定不是我！

死定了！

脑子里闪过这一个念头，然后，林笑笑华丽丽地当着喻静的面晕了过去！

9

死党死党，有难同当

"喻静，不管，我不管，你是我死党，有难同当，我一定要完成这个任务的。你怎么都要帮我想办法，否则——否则——"林笑笑努力地在脑海里寻找威胁喻静的词。

"否则怎么样？"喻静一边用布擦自己的小刀，一边漫不经心地开口询问。

"否则我就——宣布你有同性恋的倾向！你在追求我！"林笑笑一着急，脑子一热，随口编出一个理由。

"林笑笑，你皮痒是不是？找死是吧？"喻静凤眼一瞪，杀气腾腾扑面而来。

"谁要你激我的，反正你别想置身事外！"虽然林笑笑很害怕，尤其是喻静手里那把寒光闪闪的小刀，更是让她两腿抽筋，可是，这个时候她一定要坚定立场，一定要让喻静答应才是！

"林笑笑……"喻静一个飞扑，将林笑笑压倒在地，顺便两手掐在她脖子上，恶狠狠地威胁，"你有种给我再说一遍！"

"林笑笑——"

打算顽抗到底的林笑笑刚一开口，就听到门"吱呀"一声被推开了，抬头，易诚那个自恋狂正挂着一脸欠扁的笑容走了进来。

一看到林笑笑和喻静的姿势，易诚的眼珠都快飞出了眼眶，嘴巴张得可以塞进去一个鸡蛋了，下巴也快脱落到地上了，他指着林笑笑和喻静，结结巴巴："你们……你们在干什么？"

"易诚，快救救林笑笑，喻静她……"林笑笑眉头一皱，一个计策涌上心头——嘿嘿，喻静，如果你不答应我，我就借易诚的口宣扬你对我怀有不轨之心！林笑笑用眼神冲喻静传递这样一个消息。

"你敢！"喻静收紧了林笑笑脖子上的双手。

"林笑笑？你是被强迫的对不对？是喻静她强迫你的对不对？她一定凭借着她五大三粗的身材，和随身携带的武器对你进行了威胁对不对？"易诚不愧是八卦社的人啊，立刻就和林笑笑想到了一块。

林笑笑两眼翻白，只能无力地点头，这个死喻静，还真的下死手啊，我喉咙痛死了！

"我说呢，你见到我的第一面就被我的英俊帅气所倾倒，被我高贵的气质深深地吸引，怎么可能会跟喻静这样不男不女的假小子搂抱在一起呢，原来真的是她强迫你的，放心，林笑笑，我来救——"易诚一番演绎，让林笑笑和喻静忍不住朝天丢个白眼，见过自恋的，没见过这么自恋的！

看着易诚飞扑过来的身影，林笑笑朝喻静丢个"怎么办"

的眼神。

喻静挑挑眉毛，回林笑笑一个"看我的"的表情，起身，飞踢——

"啪！"易诚以行云流水的姿态，摆出了一个经典的"大"字造型，直接扑在了墙壁上。

"啧啧！"林笑笑爬起来，走到滑落在地上的易诚面前，用手指戳戳他的脸，"喻静，你下脚真狠啊，你看他这张脸，都肿得跟猪头一样了！"

"管他去死！"喻静活动一下手腕，冷冷地瞥了一眼犹自哼哼的易诚，"下次再给我这么自恋，我见一次踹一次！"

"好啦，好啦，不管那个自恋的家伙了，帮我想想怎么样才能搞定罗亦，拍到照片才是重点啊！"林笑笑赶快拉开喻静，免得她这个火暴脾气万一看易诚不爽，再补上两脚，估计易诚可以直接去医院长住了。

"那还不简单，你是不是被罗亦吓傻了啊，这样简单的问题还来找我？"喻静鄙视地看着林笑笑。

林笑笑忍得脸有点发紫！想着自己现在有求于人，不跟她一般计较！林笑笑在心里暗暗地告诫自己。

"到底什么办法，你快说啊，难道你真的忍心见死不救？"林笑笑摆出可怜兮兮的面孔给喻静看，顺便眼神哀怨地盯着她，心里开始数数，"一，二……"

"好啦，收起你的哀怨吧，真是败给你了。"喻静果然没能在林笑笑的无敌哀怨眼神下坚持三秒钟，很快就缴械投降。

"快说快说，到底有什么好主意？"目的达到，林笑笑立刻收回哀怨的眼神，兴致勃勃地拉着喻静询问。

我连头皮都快被挠破了，连一个好点子都没有想到，喻静居然说事情很简单？是她太聪明，还是自己太笨了？

"我们都知道罗亦很讨厌人偷拍他的照片，貌似好像更讨厌被女生偷拍？而且他好像很讨厌跟女生接触耶！"喻静顺手拖过一张纸，捞过一支笔，在纸上写下罗亦的名字，然后在名字的左边列下罗亦的性格。

"他那岂止是讨厌女生偷拍啊，他简直就像跟女生偷拍者结了八辈子的仇一样，从他踢我屁股就可以看出来了。而且上次他居然在图书馆，用纸巾擦我碰到的地方，然后当着我的面将卫生纸扔了，就知道他是多么恶劣了！"林笑笑附和着点头，顺便不忘记再提一下自己惨痛的教训。

"他在学校没什么朋友，一直都是独来独往的一个人，性格孤傲——"喻静一边说，一边在纸上标注。

"哼，看他那样的人，能交到朋友才奇怪呢，眼睛都长在额头上了，鼻子快翘到天上去了，鬼才愿意和他做朋友呢！"想起罗亦那一脸的淡漠，林笑笑就恨得牙痒痒啊！

"他唯一的爱好就是打篮球，然后就是到图书馆去看书——"喻静不一儿就在纸上密密麻麻地列出了她们所知道的罗亦所有的资料。

"那又怎么样啊？了解这些干吗？"林笑笑有些迷糊地看着喻静，她们又不是联邦特工，干吗要了解得这么清楚啊？

"猪啊你！知道什么叫知己知彼，才能百战不殆吗？"喻静用笔戳戳林笑笑的额头，恨铁不成钢地看着林笑笑。

"你是说……"林笑笑眼睛一亮，有些明白喻静的意思了。

"笨死了，现在才知道啊，我们好好分析一卜他的性格、他的喜好，才能对症下药，手到擒来啊！"喻静骄傲地抬起头来看着林笑笑，那不可一世的表情让林笑笑很想扁她！

不过，看在她提醒了自己的份上，林笑笑忍了！收回蠢蠢欲动的手，林笑笑狠狠地瞪了喻静一眼。

"这个罗亦，独来独往的，除了打篮球以外，就只有在图书馆才能看到他，真是不好搞定耶！"看着纸上密密麻麻的字，林笑笑挫败地叹了口气，这个家伙有点像碉堡，没有下手的地方啊。

"没关系，老祖宗不是有句话说得好吗？有条件要上，没有条件，创造条件也要上！林笑笑，考验你的时候到了，这个罗亦，就看你如何创造条件了！"说着喻静一巴掌拍在林笑笑的肩膀上，差点没将林笑笑拍趴下。

林笑笑狠狠地拨开喻静的手："这就是你的主意？"真是好啊，说了跟没说一样，枉费我这么诚心地请教啊。

"当然啊，多么好啊，你只需要再制定一个计划，一切就包在我身上了。"喻静大大咧咧地拍拍胸脯。

我忍！我忍！我继续忍！杀人是犯法的！扁人是不对的！我打架是打不过喻静的！在心里默念了一百遍"林笑笑是淑女"后，林笑笑终于能心平气和地面对喻静了："那好吧，既然你这么说了，那么所有的后勤工作就交给你了！"

看着喻静一下子僵在脸上的笑容，林笑笑心里的郁闷一扫而光，眉开眼笑当没有看到喻静的垂头丧气。

哼！我要是这么容易就被人压制着，那还是我吗？

精神百倍，心情大好的林笑笑，一把拉住要溜走的喻静："来来来，我想好了，这肯定一个长期的战役，罗亦就是那敌人的碉堡！要攻克这座碉堡，一定要做好长期的打算，所以……"她笑眯眯地看着喻静。

喻静一脸防备地看着林笑笑："林笑笑，我警告你哦，不许打我的主意！"

"我怎么会打你的主意呢？嘿嘿……"林笑笑笑得无比灿烂和诚恳，"我只是告诉你我的打算。第一步，尽量多接触罗亦，让他接受我随时出现他身边，然后了解他的爱好和兴趣，投其所好，最好能和他做朋友，嘿嘿……只要成了朋友，照片不是手到擒来？哇哈哈……"这么完美的计划，除了我林笑笑，还有谁能想出来？

"林笑笑？你怎么笑得这么恐怖？你怎么了？"角落里传来一个弱弱的声音，是易诚！敢说我笑得恐怖，找死！

林笑笑一个飞踹过去，易诚的另一边脸颊出现一个完美的鞋印，他再度晕了过去。

林笑笑拍拍手，冲着喻静说："喻静，作战计划我已经确定了，剩下的就交给你了！"说完，她华丽丽地闪人了。

走出老远就听到喻静的怒吼："林笑笑，凭什么交给我啊？你给我回来——"

罗亦

我想把花送给你呀

· I WANT TO SEND ·
· FLOWERS TO YOU ·

10

学长，这叫锲而不舍
· I WANT TO SEND FLOWERS TO YOU ·

　　"学妹，你还敢来？"三度见到林笑笑的学长，一脸崩溃加崇拜地看着林笑笑，眼珠子都快瞪出来了。

　　估计实在是没见过林笑笑这么神经大条兼不要命的人！

　　"学长早上好，有没有看到罗亦学长？"林笑笑冲着学长龇牙咧嘴地笑。

　　"学妹啊，你以后还是不要来找罗亦了，他对女生不是很友好耶！"学长犹豫再三，左顾右盼半天后，悄悄地凑到林笑笑的耳边，轻声地交代。

　　"我知道啊。"林笑笑点点头，一脸早就知道的表情。

　　"你知道？"学长傻傻地重复了一句，半晌后不敢置信地指着林笑笑的脸尖叫，"你知道？"

　　"是啊，我知道罗亦学长肯定对我们女生有一点误会，所以我想跟他好好地沟通一下啊！"林笑笑无辜地眨着眼睛看着处在崩溃边缘的学长，心里小小地鄙视了一下自己的恶魔行为。

　　"学妹啊，学长我该夸你勇于牺牲呢，还是笨得不要命呢？你难道不知道罗亦是学校有名的独行侠吗？他平日里和我们同班同学都不怎么来往，更何况是你！听学长一句话，为了你的小命，你还是打消这个念头，回去吧！"学长抓耳挠腮半天后，憋出一段话来。

林笑笑在心里小小地感动了一下，没想到学长是大好人呢！不过，为了面子，为了那美好的五千大洋，学长，我恐怕要辜负你的好心了！

正在犯愁怎么跟学长解释才能既保持自己的淑女形象，又能不让学长继续劝阻自己的大业时，林笑笑的眼睛突然捕捉到一个熟悉到化成灰都认识的身影——罗亦！

顿时，什么念头都抛到了脑后。林笑笑直接无视学长，扑了过去："学长早！"笑语嫣然地看着罗亦。

我就不信，我这么一大早绕到你教室里跟你打招呼，还笑得这么灿烂这么可爱，你好意思对付我。

"滚！"罗亦瞥了林笑笑一眼，眼睛里丝毫都不掩饰他的嫌恶。他嘴角抿着，脸色相当难看。

电闪雷鸣！日月无光！这些词足可以形容现在的场景。

林笑笑可以感觉到全身的血液都涌到了脸上，手脚都在颤抖，嘴唇也哆嗦得说不出一句话来！怒！霹雳雷霆怒！

林笑笑满腔怒火地瞪着罗亦，这个死男生，实在是太欠扁了！自己的好脾气是出了名的，偏偏碰到这个家伙就像是点了火的炸药桶。

林笑笑怒气腾腾的目光在接触到罗亦轻蔑的眼神后，全身如同被泼了一盆凉水般，怒火一下子就被浇熄了！

不能发火！发火估计就中了罗亦的诡计了！恐怕他打的就是这个主意，让自己知难而退，以后不来找他！

　　林笑笑深深地吸了一口气，调整自己的气息，紧握的双手也缓缓地松开，平息一下自己的心跳，再抬头已经是平静的表情："我是来跟学长道歉的，昨天是我的不对，请学长原谅！"

　　话音刚落，他又是一个字丢了过来："滚！"

　　林笑笑刚平息下去的火气，一下子似乎又要涌上来了。她使劲地咬一下嘴角，强迫自己冷静，冷静，再冷静！

　　双手紧握，松开！再度紧握！松开！

　　林笑笑真是佩服自己，这个时候，脸上居然还能挤出笑容："学长，麻烦你下次换一个词好吗？要不我会怀疑学长的词汇太匮乏的！"

　　"哐当！"

　　只听到身后不知道什么物体落地的声音，林笑笑回过头，只见之前那位学长手里的饭盆掉到了地上，还满地打滚。

　　林笑笑呆住，学长也太夸张了吧！自己和罗亦的战争才刚刚拉开序幕耶，他这样就吓呆了，以后他要是看到自己和罗亦更激烈的对抗，不是要直接上天堂？

　　"我不想再看到你，以后不要出现在我的面前！"林笑笑还在考虑如何提醒学长把掉了的饭盆捡回去洗，罗亦冷冷的话就传进了她的耳朵，怎么听都有威胁的意味在里面啊。

　　不过，既然自己已经下定决心要跟他罗亦纠缠到底了，就不会这么容易被威胁到。

林笑笑扬起淡淡的微笑，看着罗亦的眼睛里估计还有几分恶魔的味道："罗亦学长，我是个很有恒心的人，我会天天来学长面前报到，跟学长表达我的歉意，直到学长原谅我为止！"

哼！只要我林笑笑下定决心要做的事情，还没有不成功的，罗亦，我会让你在以后的时间里好好地了解什么叫"执着"！

"恬不知耻！"罗亦居然丢过来一成语，直接说林笑笑没有廉耻！

算你狠！林笑笑一口气憋在心里，不能上不能下，简直要吐血了，脸上还要摆出微笑来面对罗亦。

说实话，直到今天，林笑笑才发现自己还有这样的潜力。嘴角微微地扯动，我就是不生气！我就是生气，也不在你罗亦面前生气。

"学长，这叫锲而不舍。"哼！跟我比谁会的成语多吗？

"你——"罗亦气结，估计他从来没有见过林笑笑这样的女生吧，被他羞辱了半天，不仅没哭着跑开，反而一脸没事人一样，好像被羞辱的不是她，而是别人。

看着罗亦的脸色，林笑笑见好就收，第一次不能逼得太紧，要不然以后的戏怎么唱下去啊。她抬起手腕看看表，快要上课了，收兵走人，下次再战。

"快要上课了，我得走了，学长，不耽误你了——"眼尖的林笑笑似乎看到罗亦有松了一口气的样子，她凉凉地丢下一句，"不过，请学长放心，放学前我会继续来祈求学长的原谅的！再见！"说着，她轻松地挥挥手，不带走一片云彩地闪人。

缓步以标准的淑女状走出罗亦的视线，拐个弯，林笑笑警惕地回头看看后面，没人！再看看前面，也没人！

太好了！

她狠狠地抬脚，踢最近的那根柱子："死罗亦，你个猪！你个白痴！你个自大无耻的笨蛋！我踢你的白痴猪头，踢你的猴子屁股！居然敢骂林笑笑恬不知耻！居然又叫我滚！你个苍蝇头，蚂蚱腿，蚂蚁胳膊臭虫脚的家伙……"

林笑笑一边狠命地将柱子当罗亦来踢，一边发泄着自己笑的愤怒！死罗亦！臭罗亦！该下十八层地狱的罗亦！本姑娘是那么好欺负的吗？信不信我晚上回家做小人写上你的名字来扎！

远远地似乎看到有人朝这边走过来，林笑笑立刻收起自己的暴行，拉拉自己的裙子，摸摸自己的头发，很好，又是一个乖乖的学生模样了！

林笑笑目不斜视地回到自己上课的教室。

喻静正一脸期盼地看着林笑笑，还没等她坐下，就拉着她问个不停："怎么样？林笑笑？战果如何？罗亦什么表情？他有没有对你大打出手啊？"

她没好气地白了喻静一眼："你看我毫发无伤地回来就知我们只是很友好地口头切磋了一下嘛，还问？"

"只是口头切磋啊，我还以为你们要杀得日月无光，天地失色，血流成河呢！"喻静一脸失望。

败给她了！她当是世界大战吗？自己是去接近罗亦，以期待搞好关系，成为朋友的，又不是去寻仇的！

林笑笑连白眼都懒得给喻静了，直接开口："你确定了没有，他中午是到哪个餐厅用餐？"与其花时间来跟喻静生气，还不如做点有用的。

"哦，这个啊，确定了，罗亦永远都只在学校的第二餐厅用餐，他的位置一直都是左边第二个窗户的那张桌子。"喻静很利落地给出了消息。

"OK！知道了！"林笑笑绽开一抹不怀好意的笑容。

罗亦，没想到吧，我们很快就会在餐厅见面的！

· 11 ·

罗亦的噩梦开始了

· I WANT TO SEND FLOWERS TO YOU ·

上午的课程一结束，林笑笑就拉着喻静直奔第二餐厅，抢占有利的地形，以便一会儿跟罗亦斗法的时候，可以占到上风！

"呼哧——呼哧——"

好不容易跑到第二餐厅，林笑笑已经累得话都说不出来了，舌头都快像狗一样耷拉在外面了。

这个罗亦，真是有毛病啊，学校的餐厅那么多，他为什么非要跑到这个最远、最偏僻、最小的餐厅来吃饭呢？害得她差点断气了。

好不容易才恢复过来，林笑笑拖着喻静直接奔向领餐窗口，随便叫了一份套餐，然后搜寻罗亦平日里一定要坐的位置。

第二餐厅的人真是少啊，可以容纳近百人的大厅，居然就只有两三只小猫在里面，除了她和喻静外，连一个用餐的人都看不到。

林笑笑和喻静对视了一眼，径直走到罗亦的御用位置坐下。

林笑笑警惕地看看四周，小心翼翼地开口："第二餐厅怎么都没人啊，是不是因为这里的饭菜有毒啊？"说着，她担忧地看了一下餐盘里卖相还不错的饭菜，有红有绿，有肉有鱼，还有汤，闻起来也很诱人啊，怎么会没有人呢？

喻静已经舀起一大勺菜送到嘴边，在听到林笑笑的话以后，手一抖，菜一下子又落回了餐盘里，溅起汤汁一片。林笑笑手脚利落地端着餐盘闪开，避免了被菜汁泼一身的惨剧。

"拜托，喻大小姐啊，这么大了，怎么连勺都拿不稳啊？"林笑笑笑眯眯地坐下，丢张面巾纸给喻静，让她收拾一下狼狈的桌面和自己，顺便不忘嘲笑她一下。

"你这个人真没义气，怎么可以跑开呢？"喻静夺过林笑笑手里的纸巾，一边擦，一边用眼神责怪林笑笑。

"嗯，好吃！真好吃！没想到第二餐厅的饭菜这么好吃！"林笑笑闲闲地夹了一根西芹，放在嘴里，清脆爽口，好吃哦！哈哈！挖到宝了！看来罗亦也不是一无是处的，好歹跟着他，自己发现了好吃的啊！

"真的吗？我尝尝看！"喻静顾不上衣服上的汤渍，抓起筷子就开始吃起来，只见她腮帮子鼓鼓地塞满了东西，筷子如同落雨一般在餐盘上晃动，那模样，好似五百年都没有吃过东西一样。

还好餐厅里没什么人，要不，她真的要离喻静远一点，这个吃相，真的很丢人啊！

林笑笑别过头去，不想再看这惨不忍睹的一幕，眼角却瞥见一个熟悉的人影——罗亦？

等了这么久，终于等到他了啊！

林笑笑阴笑着踢了一脚正埋头狂吃的喻静："别吃了，我们的目标出现了！"

喻静含混不清地开口："什么目标啊？"

真是败给她了！只记得吃了！

算了，还是亲自上阵吧！

在罗亦端着餐盘转身走向她们这边的时候，林笑笑摆出最可爱的表情，微笑着招手："嗨！罗亦学长，好巧哦，你也来吃饭啊！"

没有错过罗亦眼底一闪而过的错愕，林笑笑笑得更加甜美了，罗亦，没想到吧，我们这么快就又见面了！

罗亦的反应实在是在林笑笑的预料之内，他一声不吭，好像没有看到林笑笑一样，背过身去，朝右边的窗户走去。

看来，他还是很看重这顿午餐的，要不，他应该直接丢下餐盘闪人才是。

等罗亦坐定，开吃，林笑笑才不紧不慢地端着自己的餐盘，一步三摇地走到了他的面前坐下，脸上是甜得可以腻死人的笑容："学长，不介意我坐在这里吧？"

"介意！"

罗亦眼皮都不抬一下，直接丢出两个字来。

可惜，她已经免疫了！林笑笑脸上的笑容继续保持："介意也无所谓，我不介意就行了！"说着，便将餐盘重重地放下。

"这里的饭菜真的很好吃，是吧，学长？"林笑笑慢条斯理地吃了一口饭，然后很有兴趣地盯着罗亦看。

"是。"罗亦居然同意了林笑笑的说法。

林笑笑脑子里警铃大作，罗亦可不是这么好说话的人啊，后面一定有什么恶毒的话要丢出来，自己可不能掉以轻心啊！

果然，停顿了一下，罗亦再度开口："只是你坐在我的对面，让我一点胃口都没有了！"

打击大了！难道她就那么不入眼吗？林笑笑咬牙切齿地紧握手中的筷子，将它想象成罗亦的脖子来捏。

林笑笑挤出灿烂的笑容，一脸惊喜地看着罗亦："谢谢学长夸奖，我从来不知道原来学长是这么看我的，讨厌啦，这么直接说出来人家会不好意思的啦！"

恶！话一说完，林笑笑自己都忍不住想唾弃自己，这么恶心的话自己居然都能说出来，看来人的潜力真是无穷的啊！

"我夸奖你？"罗亦的脸上闪过一丝错愕。

"是啊，学长不是夸我秀色可餐吗？因为看到我这么美丽，连饭都不用吃了啊！"林笑笑强忍着大笑，一本正经地说道。

罗亦，我就不信，我这招你都能化解！

"你——"罗亦这下脸上是一点都没有掩饰的惊愕和厌恶。半晌，他终于从牙缝挤出一句话，"真没见过你这么不要脸的女生！"

死罗亦！跟你梁子结到天荒地老了！居然说我不要脸！林笑笑在心里将罗亦已经剁成了九百九十九块丢去喂小强，可是脸上还是挂着已经快要僵掉的笑容："学长，我这叫为了成大事不拘小节！"

罗亦！你骂我的话我会一句句都记着，将来跟你一起算账，要你知道，千万不要惹小女生！

"哐！"罗亦将手里的筷子丢在餐盘里，腾地起身朝外面走去，看他黑沉沉的脸色，就知道心里一定很不爽。

不过，看到他那么不爽，林笑笑的心情立刻大好起来，笑眯眯地挥手："学长这就不吃了啊？慢走哦，我们下午再见哦——"

林笑笑似乎看到罗亦的脚步趔趄了一下，不过马上就恢复了正常。从他越来越快的步伐林笑笑就可以知道，他现在已经在暴走的边缘了。

看着罗亦远去的背影，林笑笑胃口大开，抄起筷子，埋头猛吃。

体育课，罗亦刚刚走到场地边，活动了一下手脚，抓起一个铅球，酝酿了一下，正要投出去，等候已久的林笑笑抓紧时机，大喊一声："学长加油！"

"哐！"罗亦的身体僵硬了一下，然后铅球笔直地落在地上，还好他回神快，及时地跳开，铅球才没有砸中他的脚，却在地上砸了个坑。

罗亦看了林笑笑一眼，掉头就走。

放学了，学校门口熙熙攘攘的都是学生。

罗亦挤在人群里，跟随着人潮朝学校门口涌去，林笑笑斜斜地靠在校门边，在罗亦经过她身边的时候，笑眯眯地挥手：

"学长，放学啦？一路顺风哦！"

罗亦嘴角抽动了一下，忍耐着低头走人。

……

午间休息时间，有人在睡觉，有人看书，还有人在运动。

罗亦几乎是有些鬼鬼祟祟地穿墙度林，等他拨开最后的灌木丛，林笑笑正坐在他平日里的休闲之地，大大咧咧地嚼着薯片，冲他龇牙咧嘴地笑。

罗亦双手紧握，脸色阴沉得可以，半晌才从牙缝里挤出一句话来："我原谅你了，你可以走了吧？"

等的就是你这句话！

林笑笑拍拍手里的薯片碎屑，笑眯眯地站起来，罗亦啊，看来你还真是能撑啊，我天天出现在你面前，你居然能撑这么久，我都快撑不下去了。

不过，别以为这是你噩梦生活的结束，恰恰相反，你的地狱生活才刚刚开始呢！

林笑笑嘴角边绽开一个邪恶的笑容："谢谢学长肯原谅林笑笑，真是太好了，既然长已经原谅我了，那么是不是代表我们以后可以和平共处了呢？"

罗亦的脸一下子垮了下来，眉头都快皱到一起去了，眼睛里射出愤怒的光芒。

"我很期待和学长和平共处的样子呢，所以，学长，以后还要多多关照哦！"

丢下这句话，林笑笑立刻闪人。

废话！再不走，估计罗亦就要暴发了，看他怒瞪她的双眼，紧握的拳头，还有阴沉的脸色，猪才会站在这里让他修理呢！

聪明的林笑笑一向知道，目的达成，决不恋战！

罗亦，我们的战斗才刚刚开始呢！

远远地，林笑笑冲着罗亦绽开了一个恶魔般的微笑。

王子睡着了，要不要偷袭

"学妹，又来找罗亦吗？"还没到建筑系大楼，就碰到了罗亦的同学，一个个都笑得别有用意地跟林笑笑打招呼。

没办法啊，林笑笑如此高频率地出现在建筑系罗亦的面前，一天早中晚三次，而且最神奇的是居然毫发无伤。据说，倒是罗亦一听到林笑笑的声音，脸色就会很难看，让建筑系所有的人都对林笑笑大为景仰啊！

所以，只要看到林笑笑出现，他们就会热情地打招呼，然后一个个躲在旁边看百年难得一见的好戏。

林笑笑简直成了建筑系最受欢迎的人物了！

"是啊，各位学长学姐好！罗亦学长在吗？"林笑笑扬起最天真可爱的招牌笑容跟各位学长打招呼，笼络人心的同时，顺便打听罗亦的消息。

事实证明，林笑笑的方法实在是太有效了，她能那么快就知道罗亦的一举一动，这些学长学姐功不可没啊！

"他啊，好像没看到耶。"一个学长挠挠头，有点不好意思地冲林笑笑笑笑，不过立刻转身问周围的同学，"你们今天谁看到罗亦了？"

所有的人都摇摇头，只有一个人皱着眉头迟疑地开口："我好像看到他往餐厅那边去了，不过我不能确定——"

"谢谢学长，我知道了。"林笑笑立刻明白了罗亦去了哪里，冲那个学长微微一笑，表达自己的感谢之情，顺便礼貌地跟所有的人道谢，然后闪人。

林笑笑慢慢悠悠地在校园里晃，心里暗自得意，罗亦啊罗亦，你别以为你可以躲起来，在长宁，还没有我不知道的地方，就算你躲到地洞里，我都会将你挖出来！

第二餐厅的后面，有个小小的山坡，被几棵高大的树木掩映，安宁静谧，是个好去处，这也是她跟踪罗亦好久才发现他的最喜欢的地方。

平日里人迹罕至，除了他和林笑笑，还真没有人发现这个世外桃源呢。

林笑笑哼着小曲，一步一步地朝小山坡前进。拨开灌木丛，果然，罗亦正躺在草坪上，嘴里叼着一根青草，双手放在脑后。他平日里冷漠的面容，因为是仰躺的缘故，面部轮廓柔和了不少，没有了拒人千里之外的冷淡，整个人生动起来了。

林笑笑停止了哼曲，这样的罗亦是她从来没有看到过的，有几分惊讶，几分好奇，还有几分说不清道不明的情绪。

林笑笑轻轻地让自己的脚步更缓更慢，一点声息都没有地走到罗亦的身边，他居然都没有发现。

林笑笑悄悄地蹲在罗亦身边，仔细打量他。他的眼睛微微地闭着，睫毛在眼睑下投了一道阴影，眉毛柔和而平顺，头发也很服帖地顺着脸颊，嘴角微微翘起，一抹淡到几乎看不出来的笑意挂在脸上，呼吸平和均匀。

他，罗亦居然就这么大大咧咧地躺在草坪上睡着了？

林笑笑不可思议地看着罗亦的睡容，也是哦！除了睡着了，他们两个怎么可能这么心平气和地待在一起。

可是，自己来好像不是看他睡觉的吧？自己是来进行行动计划的好不好？现在他睡着了，该怎么办？

计划里好像没有这样的情景啊！林笑笑无语地看看天，然后低头看看还在沉睡中的罗亦，这是什么状况？要不要摇醒他，然后两人再开始口水大战？

还是就这样看着他睡着，心境平和，什么都不想？

脑子里两个声音吵得不可开交，就差大打出手了：

"林笑笑，你猪啊，这么好的机会，还不快弄醒他，好好地嘲笑他一番，或者干脆去拿相机来，拍下这难得的照片，还愣着干吗？"

"林笑笑，难得气氛这么平和宁静，你干吗要破坏啊？难道你很喜欢跟他吵架吗？还是喜欢被他气得吐血？难道你有被虐待的倾向吗？"

"林笑笑，这么好的机会，错过就没有了哦！"

"林笑笑，千万不能啊，你要是现在偷拍了罗亦的照片，罗亦肯定会更加防备你的，以后你那半裸照片的希望就更加渺茫了，好不容易让罗亦接受了你出现在他面前，你难道想前功尽弃吗？"

"错过这个机会你会后悔的！"

"你这么做，以前的努力就全部白费了！"

……

脑子越来越乱，林笑笑头痛欲裂。她使劲地摇摇头，将脑子里的两个不同的声音摇了出去。继续这么下去，别说拍照片了，先找个医生来治自己的头痛吧！抬头看看晴朗的天空，几丝淡淡的云彩挂在上面，微风习习，配合着下午暖洋洋的太阳，真是让人昏昏欲睡啊，难怪罗亦一点防备心都没有地睡着了，连她都想躺下来好好地睡一觉，才觉得不会辜负这美好的时光啊！

再看看脚下绿油油、软绵绵的草坪，实在是好吸引人哦，让人心痒痒的，就想跟罗亦一样，什么也不管地躺下来，好好地睡一觉！

算了！看在天气这么好，草坪这么绿，风这么柔和的份上，今天心情实在很好，睡意似乎就要涌上来了，就不捉弄罗亦好了！当给自己放个假，也当让人家罗亦修养几天好了！毕竟，现在的休息，是为了将来走更远的路嘛！林笑笑自我说服着。

想通了这一点，林笑笑的瞌睡一下子就涌了上来，打个哈欠，也放任自己躺了下去，嗯，真是舒服啊——这是林笑笑睡着前的唯一念头。

罗亦
我想把花送给你呀
· I WANT TO SEND ·
· FLOWERS TO YOU ·

·13·
一场摇钱树的梦

咦？前面好大一棵树啊，树上的叶子怎么都那么奇怪，花花绿绿的？

林笑笑揉揉眼睛，仔细看了看，天啊，口水立刻滴滴答答地流了出来，这树上哪是叶子啊，明明就是钞票啊！花花绿绿的钞票啊！

发了！这下发了！我林笑笑这辈子都不用愁了，没钱了就将这棵树摇两下就可以了，哈哈，我可以预见自己的下半辈子会躺在钞票上度过了！

这么多钱，我可以将自己觊觎很久的那套漫画书买回来了，还有可以到那条最著名的小吃街从街头吃到街尾了，还可以买自己看中很久的那套KITTY猫的衣服，嗯，顺便还有KITTY家的钱包、背包，还有五彩缤纷的小挂饰……

不想了不想了，先去摇钱，用书包装起来比较现实。

林笑笑一下子将书包来了个底朝天，将书包里的书和零食全部都倒了出来，然后直奔摇钱树而去。眼看花花绿绿的钞票就要到手了，突然，一个黑影拦在了她的前面。

抬头，是罗亦！居然是罗亦！怎么会是他？居然又是他？他是不是上辈子跟我有仇啊？

"让开！不要挡我发财致富的路哦，否则，我要你好看！"林笑笑没好气地白罗亦一眼，这个阴魂不散的家伙！

"这棵树是我看管的，没有允许，不能随便来摇！"罗亦摆着一副死人脸，冷漠地开口，顺便还示威一般地晃晃自己手里的斧头！

放屁！

你滚开！这棵摇钱树明明是我发现的，可恶的罗亦你想来分一杯羹我就不说什么了，居然想独吞？独吞你就明说嘛，居然还打着自己是看树人的幌子，妄图用武力来驱逐林笑笑，那就让人鄙视了！

"这树写你的名字了吗？你有证件吗，证明你是这棵树的看守人。"林笑笑双手叉腰，一点都不客气地责问。

这个时候，她想杀人的心都有，谁还顾得上客气啊，尤其是一个阻止她发财的人，更加不用指望她有好脸色了！

"这是我的证件，编号007，职务：摇钱树看守人！"罗亦居然从兜里掏出证件来递给林笑笑。

真的有证件？林笑笑迟疑地接过来一看，果然，上面写着：罗亦，编号007，职务：建筑系大二学生。

建筑系大二学生？林笑笑揉揉眼睛，再看一遍，果然是！

哈哈，罗亦，你居然用假证件糊弄我，想独占摇钱树，简直是太卑鄙太无耻太恶劣太没有品德了！我要代表建筑系代表长宁鄙视你!

"想骗我？哼，再去练几年吧！明明就跟我一样是这个学校的学生，居然说自己是摇钱树看守人，骗谁去啊？快让开，不要妨碍我摇钱啦！"林笑笑不客气地一把推开罗亦，冲着宝贝的摇钱树扑过去。

"站住！不许摇钱！否则——"罗亦一声大喝，让林笑笑停止了脚步。

林笑笑回过头来，扮了个鬼脸，谁怕你哦。

"否则怎么样？"难道你吃了我不成？哼，我才不怕呢！

"否则，否则，我就不客气了！"罗亦挥挥自己手中寒光凛凛的斧头。

呃，好像是有点威慑力呢！可是，我可不是被吓大的！杀人可是犯法的，你罗亦才不能乱砍人咧！

林笑笑根本没放在心上，直接给了罗亦一个白眼："那你就不客气吧！"说着，转身就摘离自己最近的那张钞票。

快了！快了！马上就要摘到了！马上就要摘到了——

身后一阵凉风袭来，林笑笑条件反射地回头。

罗亦杀气腾腾的挥舞着斧头冲林笑笑扑了过来，林笑笑想闪开，身后的摇钱树却阻了她的去路。

完了！完了！林笑笑看着罗亦以及他手里的那锋利无比的斧头，只有一个念头——我命休矣！

"救命啊——"林笑笑双手乱抓乱舞一气，猛然睁开眼睛，呼！没有斧头，没有摇钱树，还好还好，只是个梦而已！

她扭头，正对上罗亦淡漠的眼神，心里一股怒气就冲了上来："看什么看？没见过人做噩梦啊？都怪你啊，梦里都要挡我财路，还要杀人！"

罗亦的眼神闪动了一下，冷冷地夭出两个字："无聊！"然后低头看着他的衣角，再度抛出两个字，"放开！"

无聊？这两个字我能理解，说我无聊嘛。可是放开？放开什么啊？这我就不明白了……林笑笑疑惑地看着他。

"你的手！"罗亦眼睛里闪过一抹不耐烦。

我的手？林笑笑低头看向自己的手，咦？它们什么时候跑到罗亦那里去了？还紧紧地抓着罗亦的衣角不放开？

呃——终于明白罗亦的意思了。林笑笑讪讪地松开自己的两只手，顺便再帮罗亦拉拉他的衣角，让被自己的手蹂躏成咸菜状的衣角稍微平整一点。

"那个——那个——"林笑笑尴尬得不知道说什么好了，现在这个状况，她可从来没有预料到啊。

"以后不要跟着我！"罗亦蹲下，捡起一本书，眼睛都不眨一下地丢出一句话来。

"咦？什么？啊？"半天林笑笑才反应过来，这家伙又下驱逐令了，刚刚因为尴尬平息下去的怒火腾一下子又飞窜了上来，"这个地方又不是你的私人领地，凭什么你能来我就不能来？"

真是过分啊！人讨厌了，梦里梦外都一样可恶！

"无可救药！"罗亦又用那种轻蔑的眼神扫了林笑笑一眼，

然后丢下四个字，转身就走。

这种人真的很欠扁耶！每次都用这样的眼神和语气跟自己说话，圣人都受不了啊，何况自己还只是个普通的女生，最小心眼，最爱记仇，报复心最强的那种女生！

"你给我站住！"

太过分了！她这口气已经忍很久了，不小小地回以颜色，还真当自己好欺负，任他怎么说都不会反抗啊！

罗亦脚步停顿了一下，但是人没有转过身来，不过这样就够林笑笑好好地骂一顿出气了。

"罗亦，别以为你是学长，就了不起，就可以随便说学妹，你以为你是谁啊？你还真以为自己了不起啊？你当别人就应该被你这么鄙视和轻蔑吗？你比别人高贵吗？你凭什么这么对待别人？你没学过如何和人交流吗？你以为摆出一副冷漠的高高在上的表情，别人就应该对你顶礼膜拜吗？你除了长得比别人稍微帅一点以外，你有什么资本摆臭架子给我看？别人迁就你，那是因为喜欢你，迷恋你，可我林笑笑对你没那个意思，所以，请收敛起你的自大和自以为是！"将自己心里的压抑不平吼了出来，顿时舒服多了！

看来人还是不要憋坏啦，有情绪一定要发泄才是！林笑笑心情轻松地得出了结论。

沉默了片刻的罗亦终于开口了："如果你受不了，就不要出现在我的面前，这样我们大家都会轻松很多！"

什么？他说什么？

罗亦居然也可以一次讲这么多话耶，真是奇迹啊！

不过，他说什么？不要出现在他面前？怎么可以！绝对不可能！我林笑笑忍辱负重这么久，等的是什么？就是为了接近他耶！可是，刚才自己说什么了？好像自己痛骂了罗亦一顿耶！

我真是猪啊！即使不是猪也长了副猪脑子啊！怎么可以一时头脑发热地说出这种话来呢？这下不是前功尽弃了吗？

这么久的努力不是白费了吗？天啊！你劈道雷下来劈死我算了！

不行！一定要弥补！一定要想办法弥补才是！

下定了决心，林笑笑迟疑地开口："那个，那个刚才你当什么都没听到，当我什么都没说可不可以？"

呜呜，真是郁闷啊，就因为一时的口快，所以现在要低声下气地求这个可恶的罗亦，真是百般不爽啊！

林笑笑似乎看到了罗亦的背影抖动了一下，然后听到他轻轻地咳嗽了一下："我已经听到了。"

林笑笑的脸一下垮了下来，这个罗亦，居然真的这么可恶，偶尔装聋作哑一下会死吗！过分！

"那——那我跟你说对不起总可以了吧！"好吧，好吧，天将降大任给我，必定会荼毒我，蹂躏我，摧残我，打击我，为了八卦社的前途与伟大事业，我就忍了吧！

"你这是跟人道歉的态度吗？"罗亦这家伙居然挑剔起她道歉的态度了，真是过分啊！可恶啊！

咦？不对啊！他挑剔她道歉的态度，是打算接受她的道歉了吗？

林笑笑狐疑地又带有点期望地看着罗亦的背影，不过实在是什么都没看出来。

好吧，好吧，都到了这个地步了，死马当活马医吧！

林笑笑不甘不愿地冲罗亦的背影做个鬼脸："对不起，学长，刚才是我的态度有问题，请你原谅！"她深深地低下头去，一则显示自己的诚恳，二则不想看到罗亦讨厌的脸。

脖子好酸啊，头好重啊，我都低头道歉半天了，怎么罗亦那个家伙一点反应都没有啊？什么意思啊？接受还是不接受好歹给句话吧？这么不上不下地让人吊着太不厚道了吧？

还不说话？

林笑笑等了估计足足有五分钟了，居然还没听到罗亦的声音，怒火滔天的林笑笑抬头，正要一个死光眼瞪过去，可是，人呢？

刚才罗亦站的地方，早就不见了他的踪影，他什么时候走的？他怎么跟猫一样，走路没有声音的啊？他这么走掉什么意思啊？我的道歉他是接受了还是没接受啊？这是什么状况啊？他是不是耍我玩啊？

死罗亦！居然耍我！我还从来没有这么低声下气地给人道过歉呢！第一个给他道歉，他就应该偷笑了！他居然不搭理我，还悄然无息地就走了，害得我脖子酸痛，跟傻子一样在这里站了老半天！太可气了！他的罪行简直就是罄竹难书啊！

这样可恶的人，如果可以，她真想追上去，好好地揍地一顿，发泄一下她的怒火啊！

　　罗亦！

　　咱们的梁子算是结到地老天荒海枯石烂都不会完了！等着！拍到你的照片后，看我怎么一步步地收拾你！

　　没拍到照片，我会忍！忍！忍！想用这么简单的招式让就想让人放弃，门都没有！明天，明天我会装作什么都没发生，继续好好跟你纠缠的！

冰山，我们不见不散哦！

· I WANT TO SEND FLOWERS TO YOU ·

"学长，这里，这里！"林笑笑站起来大声地冲端着餐盘的罗亦挥手。还好第二餐厅没什么人，不过餐厅的大师傅和三三两两的同学探究的目光和别有用意的笑容，让罗亦的脸色一下子阴沉了下来。

罗亦用眼神冷冷地瞪了林笑笑一眼。不过林笑笑已经免疫了，无所谓啦！随便你怎么瞪，我只当作没看到，没看到！

所以林笑笑仍旧是热情地挥手，脸上的笑容不减半分。

罗亦踟蹰了一下，终于还是如林笑笑所愿地走到她的对面坐下，板着一张死人脸给她看。

"来，学长，我知道你喜欢喝这个人参雪梨瘦肉汤啦，所以帮你点了一个哦，来，快趁热喝吧！"林笑笑将汤小心翼翼地放在罗亦的面前，一脸期望地看着他。

问自己为什么要对罗亦这么好？废话，那次她骂他以后，跟他道歉，虽然他一走了之，可是，第二天她发现，他的态度有了稍微那么一点点的改变，虽然不明显啦，可是敏感的她还是发现了哦！

/
088
/

他没有像以前那样再拒她于千里之外了，虽然还是很冷淡，说话仍旧很刻薄，可是，比以前好多了。看，现在不是都能主动坐在她的对面了吗？这可是良好的开端啊，既然人家都稍微表现了点诚意，她当然要表现出更大的热情来才是嘛！

每次到餐厅吃饭，林笑笑注意到罗亦很喜欢喝餐厅的特色汤，只要有，他一定会点的，可是，这个汤每次都是限量的，迟了就没有了！所以，林笑笑今天听说有汤，特地跑过来帮他点了一份报答他，嘿嘿，够意思吧！

罗亦看了林笑笑一眼，没有说话，然后看着汤，有些失神。

林笑笑赶紧将汤勺塞进他的手里："快喝啊，凉了就不好喝了，那可浪费了我的一份心意哦！"

罗亦眼睛里闪过一些什么，嘴角动了动，似乎有什么话要说，不过，还是低头去喝汤了。

林笑笑眯眯地看着罗亦喝汤，心里感慨着，如今能相安无事地与他面对面坐着，并且还能说上两句话，真是不简单啊！而且他好像没有再用嫌恶的眼神看她摸过的东西了，就像刚才的汤勺，他居然就是看了她一眼，就接过去了，而且没有用那可恶的手绢擦来擦去了！

"好不好喝？"看着罗亦喝汤喝得那么有滋味，林笑笑忍不住问。不知道罗亦喜欢喝的这个汤是不是真的那么好喝哦？本来是想她也点一份的，可是轮到她的时候，只有一份了，只有吞着口水让给罗亦了。看他喝得这么香，林笑笑心里暗自滴血啊，牺牲大了！

"嗯。"罗亦点点头。

"那就好。"林笑笑吞吞口水，呜呜，闻着好香哦，好想喝一口哦，人家是标准的美食主义者啊，只能看不能吃简直就是对她的折磨嘛！

"你怎么不吃饭？"罗亦终于抬起头来，见林笑笑只盯着他，饭菜一口都没动，奇怪地问。

"呃，我就吃就吃！"林笑笑立刻抓起筷子，随便地扒拉了两口，然后苦着脸看着罗亦的汤，唉！吃不到的就是觉得更香啊！一会儿去问问餐厅的大师傅，什么时候再做这个汤，她一定第一个赶来喝。

"这个给你！"罗亦看着林笑笑一直盯着他，迟疑了半晌后，从餐盘里挑出几块糖醋排骨放到林笑笑的盘子里。

林笑笑错愕地看着他，这是什么意思？

罗亦的脸上闪过一丝不自在："你不是喜欢吃这个吗？都给你吃！不要再盯着我的盘子了！"

"哦……"林笑笑傻傻地点头，将排骨放入口中，酸酸甜甜真的好好吃，好像比她以前吃过的都好吃耶！

呵呵，没想到罗亦也有注意到自己喜欢吃什么哦，不过，人家今天注意的可是他喝的那个汤，不是觊觎他的排骨啦！刚要抬头解释一下，看到罗亦眼睛里似乎闪过的一丝丝笑意，林笑笑立刻打消了这个主意。

气氛有了些尴尬，林笑笑埋头嚼了几块排骨后，终于忍不住开口打破沉默："呃，你怎么知道我爱吃排骨啊？"

"吃饭！"罗亦的脸上闪过一丝不自在，不赞成地瞪了林笑笑一眼，然后埋头吃饭。

咦？惊天大发现啊！罗亦居然还会有不自在的时候？虽然他掩饰得很好，可她林笑笑是火眼金睛耶！能瞒过她，才奇怪了！

林笑笑为这个伟大的发现而震惊啊！所以，她表情呆滞，嘴里啃着的排骨掉到了桌子上，筷子夹到的青菜早就滑落到了餐盘里，只剩下筷子孤零零地以奇怪的姿势停留在空中……

罗亦嘴角抽搐了一下，眼睛里闪过几丝莫名的情绪，手犹豫了半天，终于抓过桌子上的面巾纸丢了过来："擦干净！"然后别过脸去。

林笑笑迷迷糊糊地接过面巾纸，随便地擦了擦嘴角，眼珠子都不转地看着罗亦。

林笑笑想看清楚，这个家伙到底还有多少自己没有看到的面孔啊？

"排骨都给你了，你还想要什么啊？"罗亦警惕地看着林笑笑，顺便将自己的餐盘往后挪动了一下，一脸你不要再想我盘子里的饭菜的表情。

林笑笑崩溃！

难道在罗亦的眼里自己就是这么喜欢抢人家的东西吃的人吗？简直就是诬蔑她的人格嘛！

林笑笑眼珠子一转，算了，反正已经被误会了，那么不妨做得彻底一点吧。她嘴角扬起一抹微笑，趁罗亦不注意，她将他盘子里自己喜欢的菜全部抢了过来，顺便将自己不喜欢的菜都丢到他的盘子里。

看着罗亦一下子僵掉的表情，林笑笑也发现自己似乎好像做得有些过分了，怎么办？

她尴尬地看着罗亦，然后努力不着痕迹地将自己挑过去的菜又挑回来，一边喃喃地解释："那个……这个……你可不可以当作没看到？"

呜呜，林笑笑，你这个得意忘形的家伙，人家刚刚对你有点好颜色，你就不知道自己有几斤几两重了，这下好了吧，前功尽弃，所有的努力都被你刚才的一时头脑发热毁掉了！你个白痴！你个笨蛋！林笑笑在心里狠狠地痛骂自己。

虽然不怎么抱希望，可是，林笑笑还是可怜兮兮地看着罗亦，万一罗亦哪根筋搭错了，或者一时头脑发热，也许就大人不计小人过地原谅自己了呢？

罗亦将自己的餐盘挪到更远的地方，然后一脸嫌恶地看着林笑笑："拜托，你都丢过来了，怎么又捡回去啊，一个女孩子，怎么吃癖这么怪？"

呃？林笑笑错愕地看着罗亦，他说这句话是什么意思？是不计较了吗？还是要计较啊？晕死了，跟罗亦说话真是累啊，根本搞不清楚他说的话的意思是什么。

"还不快吃？"罗亦有些不自在地瞪了林笑笑一眼，然后埋头吃林笑笑丢过去的她不喜欢的菜。

嗯，如果她没有猜错的话，他应该是没有跟她计较吧！

林笑笑心里有一点明白了，再看到罗亦埋头大吃的样子，心安稳地落回到了肚子里。

原来，罗亦这个家伙不是他所表现出来的那么不近人情、那么冷漠啊！嘻嘻，他有些时候的表现还是很不错，很可爱的！比如说现在！

林笑笑慢条斯理地吃着盘子里的饭菜，心不在焉地开口："学长，听说这个礼拜天有文化展览哦，你要不要去看？"

这可是独家消息哦，据说罗亦除了篮球外，就是喜欢看书啊，只要有什么文化展览、书展之类的，他一定都会去的。

林笑笑可是费了好大的心思，专门去打听了关于这方面的消息。为了讨好罗亦，顺利地成为他的朋友，她真是用心良苦啊！自己先赞美下自己！

"你也知道？"罗亦抬头看了林笑笑一眼，似乎有些不相信她这样的人也会对文化展览有兴趣。

呃……她是对文化展览没兴趣啦，可是，她对"对文化展览有兴趣的人"有兴趣啊，所以也就有兴趣起来了。她这么辛苦还不都是为了他啊，居然用这样的眼光看她！

"废话，我不知道怎么告诉你啊，要不要这个礼拜一起去啊？"林笑笑咬着筷子，一脸期盼地看着他。

答应吧！快答应我吧！要不我的一片苦心就白浪费了啊！

也许是自己期盼的眼神打动了罗亦，也许是他真的想去看文化展览，也许他就是一时头脑发热，罗亦点点头，他他……

他居然答应了!

万岁!

离目标又近了一步了耶! 林笑笑高兴得几乎要蹦起来欢呼了, 不过看看环境, 她还是在心里小小地高兴一下就好了!

"那好, 就这么说定了, 门票给你, 礼拜天上午八点, 我们在展览大厅门口见哦!" 林笑笑立刻掏出门票塞进罗亦的手里, 生怕他反悔, 最后还强调一遍, "不见不散哦!"

罗亦低头看看自己手中被林笑笑硬塞的门票, 嘴角微微地扬起, 慢慢地点头。

他同意了!

罗亦居然同意了耶! 太好了, 努力终于没有白费啊! 天知道她为了这两张票, 差点做出伤天害理的事情啊, 不知道现在易诚清醒了没有? 是不是还躺在教学楼后面那个垃圾堆旁边啊? 林笑笑心里小小地自责一下。

这个……这个……都怪易诚爱炫耀啦, 一大早就拿着两张文化展览的门票跑到她面前来, 然后居然还说什么是为了提高她的品位。至于为什么要提高她的品位呢? 是因为他觉得迷恋他的粉丝素质不能太低, 出于这个原因, 他才忍痛大出血, 买了两张门票, 决定带她去文化展览上陶冶一下情操, 提高一下素养!

当时她就怒了! 长这么大, 还从来没有这么怒过, 她气得浑身颤抖, 一脚将易诚那个家伙踹到了最近的垃圾堆去和垃圾做伴了!

哼！有没有眼光！我林笑笑可是出身书香世家，老爸老妈每天在家都是倒腾琴棋书画来的。

本来打算拍拍衣服上的灰就走的，可在看到易诚手里的门票后，她突然想起得到的消息说罗亦最喜欢这样的展览了，嘿嘿……借花献佛，呃，错了，是废物利用！反正易诚这个样子肯定是去不了了，不如用来约罗亦好了！

林笑笑轻轻巧巧地拿过门票，然后就出现了上面的一幕。这么看来，易诚的牺牲还是值得的。

罗亦
我想把花送给你呀
· I WANT TO SEND ·
· FLOWERS TO YOU ·

15

怪怪的情侣装

林笑笑看着镜子里的自己，怎么看怎么不满意，总觉得自己身上穿的这套衣服看起来很不顺眼，而身后的床上，堆满了衣服，全部都是被她淘汰的。

怎么办？怎么办？

她从早上五点起床到现在，已经将自己所有的衣服都试穿了一遍，还是没找到合适的！

林笑笑心烦意乱地将衣服脱下来丢在床上，第一次感觉自己的衣服好像太少了点！怎么到了关键时刻就找不到合适的衣服呢？

今天这么重要的日子，如果穿得没品位，一定会被对方嫌弃，毕竟是和罗亦第一次在校外见面！

林笑笑皱着眉头看着镜子，镜子里的林笑笑同样皱着眉头看自己，里外两张相同的面孔，互相愁眉苦脸地望着对方。

突然，林笑笑脑子里灵光一闪，抓起寝室的电话就拨给喻静。每到周末喻静都会回家去吃她妈给做的大餐，有时候也喊她一起，而自己因为要去文化展所以待在学校了。过了好久，喻静才接起电话，她迷迷糊糊的声音传来："哪位啊？"

"是我啊林笑笑啊，喻静。"林笑笑吐吐舌头，估计喻静这个时候还在做梦呢。

"林笑笑？你白痴啊？大清早的你不睡觉打电话骚扰我干吗？"喻静一连串的抱怨从电话那头传了过来。

还好林笑笑有先见之明，将话筒拿开了，足足等了五分钟，她才慢条斯理地将话筒靠近耳朵，开口说道："喻静，我一会儿要跟罗亦去看文化展览，你说我穿什么衣服去好啊？"

"林笑笑！林笑笑，我要杀了你！"喻静的怒吼声差点没震破林笑笑的耳膜，"你大清早的发什么花痴啊？你又不是去约会，穿什么不可以啊？只要你自己不介意，裸奔去都行！"

啧啧，果然是没睡好的人脾气大啊，这样的话都说得出来。林笑笑暗自庆幸，喻静现在不在自己面前，否则，肯定自己要被她活剥了。

"哦，我知道了，不打扰你了，你继续睡吧！"林笑笑打算结束和喻静的电话，免得她继续发飙。

"林笑笑，你给我等着，礼拜一看我怎么收拾你——"

还好自己当机立断地挂断了电话，要不然喻静估计要从电话线里爬过来找林笑笑算账了。

挂了电话，林笑笑回想喻静的话，的确哦，又不是和罗亦去约会，我这么紧张干吗？该穿什么呢？

看着床上凌乱的衣服，林笑笑头大地叹了一口气，还好，这个样子没有被别人看到，要不，丢脸死了！

林笑笑随便从一堆衣服里抓出一件来套在身上，梳梳头发，看看手表，已经七点了，天啊！自己挑衣服居然挑了两个小时！

　　她跑到楼下小卖部，随手买两块蛋糕，两瓶牛奶，急急忙忙地朝文化展览中心赶去。

　　到达文化展览中心的时间刚刚好，七点五十分！她满意地点点头。

　　因为时间还早，展览中心门口冷冷清清的没有几个人，扫视了一圈，也没有看到罗亦的身影。林笑笑挑了个地方坐下，一边欣赏展览中心外面的宣传画，一边啃着手里的蛋糕。

　　没想到这次文化展览内容很丰富啊，有民间民俗展览，有摄影，有绘画，有古董鉴定，有新书预告，还有名人演讲和售书耶。

　　"林笑笑！"一个淡淡的声音在后面想起。

　　林笑笑扭头，罗亦？

　　真的是他吗？

　　脱去了学校的校服，罗亦一身简单的休闲装，笔直的牛仔裤合体地裹着他修长的腿，一件深蓝的衬衣，外面是深蓝加白色边的背心，显得整个人俊美无比，英俊挺拔得不得了。

　　真的是个大帅哥啊！林笑笑可以看到不少过往的女生都将眼神投注给了他。

　　反观一下自己，早上随便抓过来的衣服：牛仔裤，白色的背心，浅蓝的衬衣，呃？怎么看怎么觉得有点情侣装的意思？

　　跟罗亦的默契什么时候变得这么好了？林笑笑讶异地看看

罗亦。他似乎也发现了林笑笑的衣服和他的衣服款式、颜色上都有些接近了，脸上掠过一抹尴尬，不过马上就恢复了正常。

"呃，你吃早餐了没有？"林笑笑有点局促，只能没话找话说。

"没有。"罗亦摇摇头，眼睛只看着展览中心门口硕大的宣传牌。

"呃，我多带了一份哦，你要不要吃？"林笑笑举举手中的纸袋。好吧，我承认在买早餐的时候，就考虑到了给他带一份。

"嗯。"罗亦倒是不客气，直接接过林笑笑手里的蛋糕和牛奶吃了起来。

林笑笑有几分尴尬地站在一边，努力地想找话题，让两个人之间不要那么尴尬。

"这次展览的内容好像很多哦，还有民间民俗的展览耶，你要不要去看？"

林笑笑有几分郁闷地看着吃得很香的罗亦。真是的，只顾着吃吃吃，吃死你！都不知道感谢一下我的早餐，或者找个话题说两句。让我一个女生在这边唱独角戏，你也好意思啊！

"我不去，我只是为了新书展览来的。"罗亦淡淡地拒绝。

"哦。"林笑笑愣愣地点头。这个书呆子，真是的，文化展览耶，那么多好看的、好玩的，他居然只奔书而去，真是不服他都不行啊！

再也找不到话题了，林笑笑只能沉默，眼睛别扭地看天看地，看路过的行人，就是不看罗亦。

"你呢？你要看什么？"他突兀地问。

半天林笑笑才反应过来，是罗亦在问自己。

林笑笑如梦方醒："啊？我？我无所谓啦，我一会儿什么都想看看。"

哪有想看什么啊？自己其实是什么都不想看，只是创造机会想接近你，然后跟你做朋友，然后拍你的照片，赶紧拿到那五千大洋好吧！林笑笑哀怨地看了罗亦一眼。

"那好吧，一会儿我去看看有什么新书，你去看自己感兴趣的，我们中午十二点在门口会合。"罗亦啃完手里的蛋糕，拍拍手上的碎屑建议。

"啥？啊——哦！"林笑笑没精打采地点头表示赞同，抬头，看到罗亦欲言又止地似乎想说些什么，不过刚好八点到了，文化展览中心大厅开门了。

16

没有遵守约定的惩罚

· I WANT TO SEND FLOWERS TO YOU ·

陆续来看展览的人慢慢多了起来，大家都在门口自觉地排队验票，罗亦示意林笑笑跟上，一起去排队。

验完票，罗亦迫不及待地就直奔他的图书天地去了。林笑笑无聊地跟在他的身后，左看右看，不少新出来的书，都是什么厚黑学啊，什么教你如何立足商场啊，什么教你如何发财致富、如何炒股、如何煲汤、如何做菜、如何营养科学地吃东西……

看了一圈，林笑笑一点兴趣都没有，转身，看到罗亦蹲在一个角落里，抱着一本足足有两块砖头那么厚的书在啃。

林笑笑悄悄地走到他的身后，晕倒！

这都是什么书啊？考古的，电脑杂志，还有什么地球的起源、神秘的传说、诡异的现象之类的……

林笑笑只能感慨这人的兴趣真的是太广泛了，看罗亦看书已经看到浑然忘我的境界，林笑笑知道待在他身边也没什么意思，还不如自己去找乐子呢。

林笑笑随意地在展览中心漫步，经过几家画展，不知道是她的欣赏水平有问题呢，还是那些搞艺术的比较怪异，画的画她一幅都没看懂，还说是什么抽象画。

逃离了画展区，直奔摄影区，这下林笑笑倒是看得懂了，不过都是些黑白的照片，难道最近复古吗？林笑笑挠挠头，实在不明白大人们都怎么了，全部都是些乱七八糟的山水，怎么看怎么一番颓废的境界。

看那幅画，灰蒙蒙的一片背景，一棵枯死的树，一只歪歪斜斜出去的光秃秃的枝头上，停着一只乌鸦，看了就让人郁闷，而它的名字居然叫《梦想》？林笑笑差点没被自己的口水呛死。

逃也似的离开摄影区，林笑笑恍然发现，自己居然可耻地在展览中心大厅迷路了，刚才只顾着逃开，却忘记看路了，这下连自己在哪里都忘记了。

哭！怎么会搞出这样的乌龙事情啊？

算了，反正已经迷路了，慢慢逛吧，总会找到出口的。前面围着一堆人，不知道是做什么的。不过反正现在自己正无聊，就去凑凑热闹吧。

好不容易挤进人群里，原来是古董专家在义务帮助人鉴定文物古董，看着那些人手里的一个个不起眼的小罐子、小瓶子居然身价高得离谱，林笑笑的眼睛里立刻冒出了金钱符号。

天啊！终于看到感兴趣的了，这些东西都代表着钱啊！看看，那个胖子手里的那个夜壶一样的东西，据说是慈禧太后用过的，居然要好几十万啊！那个阿姨手里的碗不碗、盘不盘的东西，据说是明朝的东西，价值好几百万啊！

天啊！天啊！

看得她口水横流，心潮澎湃啊。

林笑笑一边心里羡慕人家，随便一个破碗都可以价值那么多，一边感叹自己的祖上为什么没有先见之明，将那些锅碗瓢盆的都遗留下来，然后传到她这一代，天啊，那得值多少钱啊？

林笑笑心里无比愤怒，自己的祖先在这一点上简直鼠目寸光，看看，人家就一个破夜壶，都可以卖好几十万，轻轻松松啊，而可怜她，为了那区区五千大洋，忍辱负重，花心思百般讨好罗亦，人比人，气死人啊！

咦？想到这里，看看手表，已经快中午一点了，时间过得真是快啊，约好了和罗亦在大门口碰面的，完了完了！要是他没看到自己，会不会以为我不守信用，然后我们刚刚建立的脆弱的似友非友的关系就此破裂？

想到这里，林笑笑抬头看着中心内的指示牌，皇天不负有心人啊，她终于看到了出口的标志，拔腿就要冲过去，谁知刚刚抬脚，就被人拉住了。

回头一看，罗亦站在她身后，面无表情地看着她，左手一摞书，右手拉着她的手，用眼神控诉她没有遵守约定。

"那个……嘿嘿……我可以解释的，我迷路了，然后顺着指示牌就走到了这里，然后就忘记时间了……"林笑笑声音越说越小，到最后连自己都听不到了。

"走吧！"罗亦松开林笑笑的手，转身在前面带路。

"对不起啦，我不是故意要迷路的……"林笑笑无比委屈地跟在他的后面，试图为自己解释。

"拿着。"

她手里被塞进了一堆沉沉的东西。

低头一看？书？一沓书？这沓书怎么这么眼熟？刚才不是还在罗亦的手上的吗，怎么一下子跑到自己手上了？

林笑笑诧异地抬头看着罗亦，他的嘴角挂着阴阴的笑容："没有遵守约定的惩罚！"

她哑然！看看手里的书，再看看前面空手的罗亦，似乎有些什么地方不对劲啊？到底是哪里呢？哪里不对劲呢？

半天后，林笑笑的怒吼声响彻了整个展览中心："罗亦你个卑鄙小人！你太无耻了！怎么可以这样，将书全部丢给我一个女生拿？你到底是不是绅士啊……你给我站住！听到没有！给我把书拿回去——"

17

八卦社要倒闭了

"林笑笑，看来你的进展不错啊，最近好像经常看到你和罗亦学长在一起哦，他现在不排斥你了？"午休时间喻静一边啃着苹果，一边含混不清地问林笑笑。

"那是，我林笑笑是什么人啊，怎么会有我办不成的事情呢？"林笑笑高傲地扬起头，一副天下间舍我其谁的架势。

"喊！"喻静一个苹果核丢了过来，满脸鄙视。

"不服气吗？看看事实啊，现在长宁谁不知道，只有林笑笑才能不怕罗亦的死光眼和冷箭！你不要告诉我你没看我们八卦社的报纸啊，我最近可是长宁的风头人物耶，和罗亦称兄道弟还过得活蹦乱跳的，在长宁，还就只有林笑笑！"林笑笑下巴翘得快要到天上去了。

嘿嘿，如今，林笑笑和罗亦真的算是朋友和哥们了，原来罗亦这家伙也不是想象中的那么可怕和讨厌，其实他冷漠的外表下，有时候还是很可爱的，他会讲冷笑话，会捉弄人，会恶作剧，偶尔还会很体贴呢。

林笑笑现在基本没事就会去找罗亦，有什么困难也会去找罗亦，他简直就是万能的神啊，只要她不会的，她不愿意做的事情，丢给他就没错了！他绝对会帮你料理得漂漂亮亮的，让你没有后顾之忧啊！

"是是是，你最厉害！那么你的任务打算什么时候结束啊？"喻静突然冒出一句话来。

林笑笑一时语塞，其实这个问题，她一直在回避，总觉得时机还没有到，还不到提出要求的时候，或者，潜意识里，她害怕这样做！

不过，看着喻静调侃的眼神，林笑笑头脑一热："放心好了，很快就搞定了！"

话一落地，林笑笑就恨不得给自己一耳光，怎么搞定啊，她现在可是没什么把握耶。

"那就好，我等着你的好消息，等你拿到奖金我们好好地撮一顿！"喻静笑得真是想让人上去扁一顿啊！

不过，说出去的话，就像泼出去的水，怎么都不能收回了！只能硬着头皮上了，能行也要行，不能行，也要行啊！

林笑笑愁眉苦脸地抱着教授布置的作业，一步一步蹭到了罗亦经常上课的那间教室门口，教室里的人都走得差不多了，罗亦还是老样子正低头看书。

林笑笑郁闷地坐在他的对面，考虑用什么样的借口跟罗亦提出这个要求呢？怎么开口啊？难道直接说："罗亦，你脱了上衣让我拍照片然后做个采访好不好？我接近你就是为了这个目的，你一定要满足我！"

估计下场是直接被罗亦一脚踹飞出去。想到那个画面，林笑笑就打个哆嗦，这个主意糟透了，直接排除。

那她是不是可以婉转地说："罗亦，你看我们是朋友对不对？作为朋友就应该两肋插刀对不对？如今我有难，需要你配合一下，你就看在朋友的份上，成全我吧！"

想象一下那个场面，罗亦会不会直接插她两刀？继续恶寒一下，林笑笑再度否定了这个主意。

那么，要不要她花痴一点，流着滴滴答答的口水，满眼都是星星地冲着罗亦抛媚眼："罗亦哥哥，人家好喜欢好喜欢你哦，你热不热啊？热的话脱掉上衣好不好啊？脱嘛，看你头上都是汗，你脱了就不热了……"然后冲上去扒掉罗亦的衣服？

先唾弃一下自己，如果是这样，不用罗亦来对付她，她自己先掐死自己了！简直太丢脸了嘛！

"怎么了？愁眉苦脸的？你们教授又让你们去种树吗？还是作业搞不定？"罗亦调侃中带着关切的声音将林笑笑从臆想中拉了出来。

回神，罗亦正两眼放光地看着林笑笑，脸上挂着几分疑惑。

"作业？"林笑笑低头看自己的手，完了完了！刚才只顾着想自己的，将手里的几本书无意识地扭啊扭的，结果扭成麻花了！

怎么办？这可是长宁出了名的号称"铁面无私六亲不认心硬如石"的数学系李教授布置的作业啊，她居然给扭成了麻花，死定了！

"给我吧！"也许是林笑笑脸上太过明显的绝望让罗亦有些动容，难得他主动接过林笑笑手里的书本和作业，一向都是她硬塞给他的。

看着他纤长的手指，慢慢地细心地抚平作业本上的褶皱，林笑笑的心一下子涌上很多种滋味，有点甜，有点酸，还有点点涩。

林笑笑的眼光紧随着罗亦的手指头移动，连罗亦说了什么都没有听到，直到他用手指头轻轻地敲了她一记，她才回过神来。感觉自己似乎有什么秘密被人发现了，她有几分恼羞成怒地涨红了脸，没好气地瞪过去："干吗敲我的头啊？敲蠢了怎么办？"

"你自己看看，你也好意思啊？这么简单的题目你都不会吗？李教授要被你气死了！你是怎么混进长宁的啊？"罗亦指着作业本，一脸的恨铁不成钢。

"谁说我是混进来的啊？我明明是考进来的！"林笑笑不服气地回嘴。

"啪！"又是一记轻敲。

罗亦凶巴巴地瞪了林笑笑一眼："还敢回嘴？既然考进来的，怎么这么简单的题目都不会做啊？"

"我……那不是没听讲去嘛……再说，我们园林设计实在不明白为什么还要学高等数学。"林笑笑小声地嘀咕。本来就讨厌数学，每次能及格就不错了，谁愿意天天听那些恐怖的微积分啊，函数啊。

"还在嘀咕些什么呢，还不听我给你讲？要是考试你还这么迷糊，肯定是不及格！"罗亦抓过纸和笔，敲敲桌子，示意林笑笑听他讲解。

"看好了，这个应该这么做……"罗亦讲些什么，林笑笑根本就没听进去，看着他一张一合的嘴巴，认真的眼神，微微皱起的眉头，她的心不平静起来。

罗亦对她这么好，她真的要拍他的半裸照片吗？这样做会不会太不厚道了？她林笑笑不可以这么没有义气的！

可是，那五千块钱，还有八卦社再没有个重磅新闻就要倒闭了，她在喻静她们面前发下的豪言壮语，都历历在目，言犹在耳啊，她怎么可以食言呢？

可是，真的要跟罗亦提出要拍他的照片？林笑笑的心如同被放在了冰火两重天里，一会儿像是被沸腾的火山岩浆浸泡，一会儿又像是被北极千年的冰雪掩埋，难受得想哭！

也许是林笑笑半天没有反应，罗亦抬头，有一丝的无奈："林笑笑，你到底有没有在听我讲话啊？"

"呃，啊——你讲什么了啊？"林笑笑慌慌张张地低下头去，不敢再看罗亦。

"林笑笑！"罗亦极度忍耐地低吼，林笑笑都可以听到他磨牙的声音了。

"我……我……"林笑笑猛然抬头，受不了了，干脆直接问罗亦好了，是死是活，就看他一句话了。

"你什么啊你？不听我讲话还这么有气势？真是服了你

了！"罗亦无奈地摇摇头。

"不是啦，我是想说，如果有一天，我做了什么对你不太好的事情，你会不会原谅我？"林笑笑以壮士扼腕的心情丢出这句话后，紧张地看着罗亦的表情，不想错过一丝一毫。

"那要看你做了什么对我不太好的事情咯。"罗亦沉吟片刻后回答。

喊！鄙视他！说了跟没说一样！林笑笑用眼光向他传递这样的消息。

"那你说说看，你想做什么对我不好的事情，我再考虑一下原不原谅你。"罗亦的头稍微地偏了偏，带着一丝笑意地问林笑笑。

"呃……"轮到林笑笑瞠目结舌了。这个要怎么说？难道直接告诉他：小子，我要拍你的半裸照片发到我们八卦社做头条，你能不能原谅我？

算了！饭可以多吃，路可以多走，白日梦还是不要做了！

考虑又考虑，斟酌再斟酌，林笑笑还是不敢直接说出来，算了！放弃，今天不考虑这个事情了，反正以后有的是时间，以后再说吧。她自欺欺人地将这个问题无限期延后。

"到底什么事情？"罗亦居然一脸好奇，不过他马上就反应过来了，"拍照就免谈！"

郁闷！这么聪明干吗？一下子就堵住了她的后路！

好吧！这可是你逼的！林笑笑闭上眼睛，咬咬牙："我在想，今天的这作业就交给你了，你负责给我做完，我明天早上来拿！现在，我要回家了！拜拜！"

　　说完最后一个字，她拔腿就跑。

　　林笑笑一边跑，一边告诉自己：就保持这样吧，暂时就保持这样吧！照片的事情以后再说好了！

罗亦
我想把花送给你呀
· I WANT TO SEND ·
· FLOWERS TO YOU ·

· 18 ·

罗亦被偷拍了？！

· I WANT TO SEND FLOWERS TO YOU ·

一大早到教室，林笑笑怎么就感觉气氛怪怪的。每个人看到她都笑得别有用意，她甚至在有的人的眼睛里看到了崇拜和景仰？

搞什么啊，她好像没做什么让大家崇拜的事情吧？

"林笑笑，谢谢你哦！真是太感谢你了！太崇拜你了！"一个罗亦铁杆粉丝跑到林笑笑面前，满脸的感激涕零，拉着林笑笑的手不放。

林笑笑莫名其妙地看着她，傻笑："呃，不客气不客气，不过我可不可以问一下，你感谢我什么啊？"好歹感谢也要有个理由吧。

"林笑笑，都这个时候了，还装什么谦虚啊？谁不知道你手段高竿啊，真有你的啊，不可能完成的任务都被你完成了！"

呃，为什么这位粉丝的话让林笑笑心里有了一丝不好的预感？

不可能完成的任务？罗亦的半裸照片？

半天林笑笑才明白了，两者之间的因果关系。咦？不对啊，

罗亦，我想把花送给你呀

/
114
/

自己根本就没有拍到罗亦的半裸照片啊！等等，有人已经拍到罗亦的半裸照片了吗？是谁？是谁居然敢抢到她的前面拍到了？罗亦这个家伙太过分了，居然让别人拍他的照片都不让她拍！太不够意思了！

"你是说罗亦的照片？"林笑笑迟疑地开口询问，心里还是有一丝的幻想和不确定。

"当然啊，你看，这不是你的杰作吗？拍得不错哦，林笑笑，嘿嘿……你能不能告诉我，你是怎么拍到的啊？罗亦学长的身材近距离观看起来是不是真的很有震撼力啊？"铁杆粉丝一脸色相地看着林笑笑，希望能从林笑笑的口中得到答案。

林笑笑无语！如今都什么世道啊？女生怎么可以这么直接地觊觎一个男生的身材呢？真是世风日下啊！

不过，林笑笑的视线立刻被照片吸引了过去，哇！真的是看不出来啊，罗亦的身材这么有料啊？平日里看上去文文弱弱的，没想到他居然有腹肌耶，还有二头肌耶！口水哇……口水哇……

林笑笑似乎听到了自己滴口水的声音，条件反射地再一抹下巴，还好，没有，可是背后一群人是什么时候出现的。

"林笑笑，告诉我们嘛，你拍照片的时候，罗学长的身材是不是更有震撼力？"无数声音七嘴八舌地问。

……汗！

我怎么知道啊？我又没拍过！真是冤枉死了！

"我……我……"真是有口难言啊，跟她们说照片不是自己拍的？！估计这会解释也没用，那到底是谁拍的呢？罗亦怎么会允许别人拍半裸照片呢？真是奇怪啊！

"林笑笑，就透露一点点嘛，顶多我们给你信息费好了，照片是一张一百元，透露消息的话，我们一人给你五十元，怎么样？"铁杆粉丝里居然还有这样财大气粗的人啊，一张照片一百元，围在林笑笑身边的女生起码就有五十个以上，还不包括其他没看到的人，这样说，那个任务的奖金是五千元，八卦社只要卖给五十个人，就够发奖金了，全长宁迷恋罗亦的远远超过了五十个人，那八卦社不是赚翻了？

林笑笑的心里打起了小算盘，开始算这笔账，真是好赚啊！罗亦简直就是一棵活动的摇钱树啊！

这个都不是重点，现在的重点是，她要去八卦社问一下，到底是谁拍到了罗亦的照片、是怎么拍到的。

她要看看，到底是谁胆子这么大，居然敢跟她抢任务！从她的手里抢钱，这不是找死吗？

甩掉一群围着林笑笑问罗亦身材的色女，林笑笑直接奔八卦社而去。

·19·
可是林笑笑是冤枉的!

· I WANT TO SEND FLOWERS TO YOU ·

前面那个熟悉的人是谁?不是罗亦吗?他怎么会站在自己要去八卦社的路上呢?脸色还那么难看?到底怎么了?

林笑笑疑惑地上下打量着罗亦,停下了脚步:"你怎么在这里啊?怎么了?"

"林笑笑,你真是太无耻了!"罗亦脸色铁青,咬牙切齿地丢出一句话,砸得林笑笑晕头转向。

我?太无耻了?这话从何说起啊?还有,罗亦他发什么神经啊?不就是自己耍赖,让他帮忙做数学作业吗?这就无耻了吗?

"喂,罗亦,你说话太过分了啊!我怎么无耻了啊?"你罗亦要是有意见,你就不答应啊,你昨天就把作业还给我不就没事了吗?今天还特意守在这里骂我,什么意思啊?

林笑笑也火大得很!

"这是你的作业,以后我再也不要看到你!"罗亦冷冷地将林笑笑的作业本丢了过来,眼神鄙夷,似乎多看林笑笑一眼,都让他无法忍受。

罗亦,我想把花送给你呀

/
117
/

林笑笑怒了！

今天早上是倒了哪门子的霉啊？先是被人抓着问罗亦的真人秀，然后知道自己的任务被人抢了，奖金也泡汤了，现在罗亦居然又用这样的眼神和语气跟自己说话，搞什么嘛！

"你给我把话说清楚！什么叫看到我就恶心啊？我到底做了什么大逆不道的事情了？你凭什么这么说我？"林笑笑才火大咧，什么意思啊？

"还真是死不承认啊，这是什么？不要告诉我这不是你的杰作啊！难怪昨天吞吞吐吐地说会做什么对不起我的事情，原来就是这个啊！我看错了你了！林笑笑，我永远都不想再见到你！"

说着，他把一沓有些眼熟的照片甩到林笑笑的面前，散落一地，每张照片上的罗亦都是上半身赤裸，下半身穿着一条短裤。水流顺着他的头发滴落下来，在他的肩膀上跳跃着，整个人都被笼罩在一片雾气中，在水光的折射下，他显得慵懒性感无比。这些正是那让林笑笑口水滴滴答答流成河的照片啊！

他这是什么意思？难道他怀疑，不，认为照片是我拍的？简直是岂有此理，怎么可以这么诬蔑我的人格呢？

原来如此！林笑笑终于明白了罗亦为什么生这么大的气了，不过，她也很愤怒！

林笑笑冷冷地捡起照片，毫不示弱地瞪向罗亦："你凭什么认为是我做的？怎么就不能是别人偷拍的？"过分！怎么一看到照片就都认为是我啊？难道我的额头上写着"偷拍者"三个字吗？

"不要以为我不知道，你一进长宁就接了偷拍我半裸照片的任务，那天在澡堂，是谁拿着照相机要偷拍被我发现的？"罗亦冷笑着反问。

"那就确定这个照片是我拍的吗？我有时间偷拍吗？"林笑笑委屈死了，自己天天都跟他在一起，要是要偷拍，他会发现不了吗？这么冤枉人，有没有长脑子啊！

"除了你，还能有谁？不要以为我不知道你接近我就是为了要偷拍我的照片，你那么厚颜无耻死缠烂打地缠着我，不就是为了这个目的吗？现在想否认，你当我是白痴吗？"罗亦摆明了就是不相信林笑笑！

霹雳无敌雷霆怒！这是什么逻辑啊？虽然我接近他就是为了要偷拍照片，可是也不用说得那么难听啊！好吧，你罗亦说话都这么难听了，我也不客气了。

"是，我接近你就是为了偷拍你的照片，那又怎么了？我说了不是我拍的就不是我偷拍的！你还怀疑，是不是你自己请人拍好了，然后在学校大量贩卖呢！我告诉你，罗亦，休想将责任推到我的头上来！我不吃这一套！"林笑笑也怒吼了回去。

"你说什么？你给我再说一遍！"罗亦的嘴角含着一抹阴冷的笑意，眼神里带着丝丝杀气看着林笑笑。

"我说我不吃你这一套！谁怕谁啊！"哼，林笑笑别的毛

罗亦，我想把花送给你呀

病没有，就是有一点，最受不了别人的冤枉，所以，别指望人家现在低头解释什么。

罗亦的嘴角抽搐了半天，紧握的拳头上都可以看到暴起了青筋。

"林笑笑，我算是看清楚你了！"半天，他终于挤出一句话，然后掉头就走，背影看上去愤怒而决绝。

"哼，我也看清楚你了！"你罗亦也不过是个不分青红皂白的家伙，冤枉人的蠢货！我才不稀罕呢！

气鼓鼓的林笑笑，狠狠地跺跺脚，掉头去找喻静诉苦去！

罗亦
我想把花送给你呀
· I WANT TO SEND ·
· FLOWERS TO YOU ·

罗亦要被处分了？

· I WANT TO SEND FLOWERS TO YOU ·

"你给我评评理，你说有这样冤枉人的吗？太过分了，怎么可以这样冤枉我啊！"林笑笑气鼓鼓地拉着喻静诉苦，全校估计也只有她相信林笑笑不是那个拍照片的人了。

"是是是，是很过分！"喻静真不愧是林笑笑的死党，果然坚定地站在了林笑笑这一边。林笑笑刚要露出一个感激的笑容来，她接下来的一句话，差点没让林笑笑郁闷死。

"不过，林笑笑啊，现在就我们两个人，你可以告诉我，你真的没有偷拍罗亦的照片吗？你说出来我又不会告诉别人，顶多你请吃一顿 KFC 就好了，我绝对守口如瓶！"喻静话锋一转，嬉皮笑脸地冲林笑笑问道。

林笑笑挫败地挠挠头发，低吼："我说了不是我拍的！我还想知道到底是哪个做事不敢留名的胆小鬼抢了我的生意呢！如果被我查出来了，看我怎么修理他！"

"真的不是你啊？林笑笑啊，那五千块不是要被别人抢走了？你昨天不是还信心满满的，今天怎么就成这个样子了啊？"喻静皱皱眉头，一脸失望。

罗亦，我想把化送给你呀

/
122
/

"提到这个我就火大啊，不知道是哪个胆小鬼，做了还不敢承认，抢了人家的奖金，还要我背这个黑锅，要是被自己知道是谁，一定让他知道，'后悔'两个字怎么写的！"林笑笑怒火腾腾地燃烧啊。

"说得也是啊，到底是谁这么缺德啊？偷偷领了奖金，还将责任推到你的头上，现在全校都认为是你偷拍了罗亦的照片耶！"喻静也一头雾水。

"就是嘛，如果真的是我偷拍的，我承认，没什么，罗亦想怎么骂我，怎么着辱我，我都接受，可是郁闷的是，我根本就没偷拍啊！这个黑锅背得实在是太冤枉了！"郁闷得快要抓狂的林笑笑，只能不停地用走路来发泄心中的怨气了。

"好啦好啦！不要在我眼前晃来晃去了好不好？我整个人都被晃晕了！你这算什么啊，顶多就是被人冤枉一下，不过也有一个好处啊，最起码现在全校的人都认识你了啊！人家罗亦才叫亏呢！"喻静撇撇嘴角。

"他亏什么啊？他不就是被人偷拍了吗，能亏什么啊，他的粉丝队伍只怕还要扩大呢，心里不知道多开心呢！"林笑笑翻翻白眼，罗亦那个讨厌的家伙有什么好亏的？最亏的人是林笑笑！

"你不知道吗？现在全校几乎每个女生手里都有一张罗亦的半裸照片，估计本年度最劲爆的消息就数这个了，连学校领导都知道了，说因为罗亦的照片给学校造成了极其恶劣的影响，要给罗亦处分呢！听说好像很严重耶！"喻静感叹。

"什么？处分？"林笑笑被刚听到的消息惊呆了。

罗亦要被处分了？难怪他那么生气呢，如果是自己，一定会比他还生气呢，这不是无妄之灾吗？他好歹是受害者好不好？自己的半裸照片被别人贩卖，让所有的人都看到了自己洗澡的样子就已经够郁闷的了，居然，居然还要受处分？太没天理了吧？

"学校领导的脑子坏掉了吗？这件事情最无辜的人就是罗亦好不好？他是受害者耶，怎么要处分他呢？"林笑笑简直不敢相信自己的耳朵，那些领导的脑子结构是不是与众不同啊，还是他们都是从外星球来的啊？怎么会有这样的想法呢？

"谁知道那些领导是怎么想的啊？不过据说罗亦曾经被领导叫去谈了话，好像谈得不是很愉快啊，出来的时候，罗亦的脸色很难看，然后就传出要处分他的消息了！"喻静耸耸肩膀。

"白痴领导！"

林笑笑只能这么形容了，这都是什么逻辑啊！

"你打算怎么办啊？"喻静突然很严肃地问林笑笑。

"什么我打算怎么办？"林笑笑莫名其妙地看着喻静。

"事情闹成这样了，你一点想法都没有吗？你都不想做点什么吗？"喻静丢了一个白眼给她。

好像是哦，事情闹到现在这个局面，不管是为了罗亦也好，为了她自己洗清名声也好，她都要做些什么才对！

眼前又浮现出罗亦鄙夷的眼神，紧握的拳头，暴起的青筋，还有嘴角那阴冷的没有到达眼底的笑容，以及最后他决绝的背影。

林笑笑的心似乎被什么扎了一下，钝钝地疼。那时罗亦的背影，现在想起来，萧索而孤寂，似乎被全世界都遗忘和背弃了一般的绝望！也许，他心里真的将自己当成他的朋友了吧！所以他在看到照片的时候，那种被背叛、被利用、被出卖的感觉真的是令他痛不欲生吧！

林笑笑似乎可以体会到他的心情了，刚刚敞开了一丝丝的心扉，就被毫不留情地当面甩了个耳光！如果是自己，也许会比他更加愤怒！

林笑笑抿抿嘴角，闭上眼睛。好吧，好吧，林笑笑，你承认吧，你不忍心了，你心疼了！

她睁开眼睛，冲着喻静微笑："你说得对，我林笑笑不发威，还真当我是软脚虾好欺负呢，我可没有替人背黑锅的爱好啊！喻静，你说我们应该怎么做才能让人家真正认识我们呢？"

林笑笑笑容里的用意，恐怕只有喻静才明白。

"说吧，林笑笑，你想怎么玩？"喻静两眼放光，一脸的跃跃欲试，看她那架势，简直就想现在冲出去，满世界寻找那个真正的偷拍者，然后正大光明地教训一顿。

"既然那个人敢让我背黑锅，也应该有胆子承担真相揭露后的后果吧。"林笑笑冷冷地笑。那个偷拍者，真是让人拭目以待呢。

"那是当然，正好可以练练你的拳头了。在长宁除了踹过易诚两次，你还没怎么活动过呢。"喻静活动着手脚，一副期待的样子。

　　"那个以后再说啦，我们先好好分析一下这件事情，照片这么快就在全校传开了，证明整个事件后面肯定是不止一个人啊，有能力将照片这么大量贩卖的，在长宁有几家社团可以做到？"林笑笑微笑着看向喻静。

　　"论实力，学校里的社团大都可以做到，不过，能做这样事情的，我看除了你加入的那个八卦社外，别家都没这个兴趣。"喻静眼睛里闪烁着只有林笑笑懂的光芒。

　　"说得对，我也怀疑是八卦社做的，只是，我刚加入社团没多久，不太熟悉里面的人员和流程，要不就可以查到那笔奖金到底有没有人领走，领走的人是谁了。"林笑笑第一次有点痛恨自己太投入工作了，只顾着怎么和罗亦搞好关系，然后拿到拍摄权，却连自己加入的社团里面的情况都没弄清楚。

　　真是聪明一世，糊涂一时啊！

　　"你不太了解，可是有人了解啊！"喻静坏坏地笑着。

　　"你是说——"

　　林笑笑眼睛一亮，惊喜地看着喻静，不愧是她的死党啊，简直是太了解她了。

　　喻静和林笑笑相视一笑，齐齐吼出一个人的名字——易诚。

21

谁是偷拍者？

· I WANT TO SEND FLOWERS TO YOU ·

"你们想干什么？不要过来啊！我警告你们，不要过来哦！再过来，再过来我就——"易诚一脸惊恐地看着逼近他的林笑笑和喻静，那神情跟见到鬼一样。

林笑笑无奈地拉拉喻静的胳膊："好啦，喻静，将你手里的双截棍放下，别吓坏人家了。"这个喻静，我们好歹是有事要求人家易诚好吧，怎么都要态度好一点啊。

"喊——"喻静不屑地哼了一声，倒是收起了手里舞得不太熟练的双截棍。

"两位女侠，不知道你们找小生何事啊？"一看到喻静收起了凶器，易诚立刻又变成了那个自恋狂，满口拽文拽得让人真的很想上去痛扁他一顿。

不过为了情报，林笑笑忍了！

"易诚，你又皮痒了是不是？"林笑笑能忍，不代表喻静会忍啊，她可是个爆竹脾气，一点就着，一向崇尚用武力解决问题，所以，喻静抓狂地掏出一把小刀，就要试验一下她的"小静飞刀"。

赶在出人命之前，林笑笑眼疾手快地拉住了喻静："喻静，千万不要啊！"

看着易诚松了口气，一副有恃无恐的架势，林笑笑坏坏地又加了一句："即使要练刀，也要等我将事情问清楚了之后啊，那时候随便你怎么练，要他顶着苹果你蒙着眼睛练飞刀绝技都行！"话音一落，林笑笑很满意地看到易诚飞快垮下去的脸。

"你们想问什么啊？"易诚哭丧着脸，战战兢兢地看着林笑笑跟喻静。

"没什么，就是几个很简单的问题，只要你老实回答，一切就 OK 了。"林笑笑扯扯嘴角，勉强挤出一个安慰的笑容给易诚。

"简单的问题？简单的问题你们搞这么大的阵势？"易诚一脸的不相信，狐疑的眼神在林笑笑和喻静之间扫来扫去。

"说了很简单就是很简单，怎么？不相信吗？"一向没什么耐心的喻静手举小刀，又要扑上去。

"呃，你们说是就是咯，先声明哦，涉及我个人隐私的问题，我死都不回答的哦！"易诚立刻躲到林笑笑的身后，探出半个脑袋来讨价还价。

"个人隐私？"林笑笑扭过头去看易诚，这个家伙还能有什么个人隐私啊？开什么玩笑！

"是啊，比如说，不能问我喜欢什么样的女生，不能问我喜欢的颜色，不能问我喜欢吃什么口味的食物……"易诚滔滔不绝地列举。

林笑笑阴险地微笑，不动声色地活动着手腕："我们吃饱了没事做吗？问那个干吗？"

　　"你们知道了我喜欢什么样的女生？"易诚一脸惊恐。

　　"给我闭嘴！"喻静一脸火山要爆发的样子。

　　没见过这么自恋的人啊！真是服了他了！

　　"够啦，易诚，不要给我要宝了，否则我不保证一会儿能够拦住喻静哦……"

　　林笑笑丢过去一个白眼，真是的，一个大男生，成天没事要个什么宝啊！

　　"你们到底要问什么？"易诚终于不再啰唆，难得正经地开口。

　　林笑笑感激地看了一眼喻静，果然武力威胁还是很必要的！

　　"那个最高任务除了我以外，还有谁接了？"

　　这是林笑笑比较关心的问题，虽然社长说除了她不会有别人接这个任务，可是她从骨子里不相信，如果真跟社长说的一样，那今天发生的事情又该怎么解释呢？

　　"你怎么问起这个来了？那个任务你不是都完成了吗？"易诚一头雾水地看着林笑笑。

　　林笑笑懒得解释。

　　"是不是真的有人接这个任务？"她很直接地追问。

　　"是啊，今年的新生里，跟你一样不怕死的人还真是多耶，不过都没怎么坚持，好像在罗亦那里碰了钉子就都放弃了吧。"

易诚皱皱眉头，有些不确定地回答。

"那你知道是哪几个人接了吗？"林笑笑压抑着心里的狂喜，没想到这么快就有了头绪了啊，真是老天都帮她啊。

"这个我不清楚，我哪里有时间关心这个啊。"易诚耸耸肩膀，丢给她们一个让人吐血的答案。

"那谁知道啊？"林笑笑一遍一遍地在心里告诫自己不要动手，会很难看，才勉强压制住了要揍易诚一顿的冲动。

"社长应该知道吧，你问这个干吗？难道那个照片不是你拍的？"易诚半天才反应过来，恍然大悟地瞪着林笑笑。

"答对了！"林笑笑没好气地看他一眼，现在才明白过来啊。

"怎么可能呢？这些人里，我最看好你的啊！我一直认为能完成任务的，非你莫属啊！怎么会不是你呢？你怎么可以没拍到呢？怎么会这个样子？"易诚居然一副比林笑笑还受打击的样子，好像林笑笑没偷拍成功，让他很失望似的。

"废话少说，那个奖金有人领了没有？"

这个是关键啊，如果有人去领了奖金，她的目标范围就更小了。

"我还以为是你，等着你领了，好敲诈你请我吃饭呢——"易诚吞吞吐吐的声音被林笑笑一脚踹散在空气中。

"我们去八卦社。"林笑笑拉着喻静就往八卦社赶。

22

真相只有一个

· I WANT TO SEND FLOWERS TO YOU ·

她们一路匆匆飞奔到八卦社，还没进门，就听到里面一片喧闹。

"社长，这次我们八卦社终于扬眉吐气了，终于将这个不可能完成的任务完成了啊，以后看谁再笑话我们反应迟钝，只能弄些过气的消息来糊弄人！"一个得意的声音特别响亮，活像拍到照片，完成任务的人是他一样。

"就是啊，看他们以后还敢不敢小瞧我们八卦社！"另外一些声音附和着。

"社长，这次我们年底的奖金是不是可以多发一些啊——"更有人趁机要求提高福利待遇。

"哐！"林笑笑大大咧咧地推开门，所有的人目光一下子全部都集中在了她身上，静默半晌后，终于有人反应过来了。

"这不是我们的大功臣林笑笑嘛！林笑笑啊，拿了奖金一定要请客哦！"社里那个最三八的男生凑了过来。

"是啊，恭喜恭喜啊，林笑笑，还是你厉害啊，一举就拿到了最高的任务奖金啊！"

"唉，和林笑笑一比，我们都老了啊，真是江山代有才人出啊！"

"是啊，未来的世界是她们的了……"

一群人立刻附和，说着一些听起来是夸奖，实际都是讽刺的话。他们的脸上挂着虚伪的微笑，看得林笑笑火大。

抬眼，社长大人老神在在地看着林笑笑，面容平静，眼神却有几分的怪异。

林笑笑直接地走到社长的面前："社长，那个人是谁？"林笑笑知道她懂自己在说什么。

"不能告诉你！"社长倒是直接啊，坦白得让人想撞墙。

"为什么？"林笑笑怒！打着她的旗号拿了钱，然后不想承担任何责任，天下哪里有这么好的事情啊？

"因为我怕你找人家算账。"社长云淡风轻地开口。

晕倒！

崩溃！这是什么理由啊？这是什么借口啊？凭什么啊？真当她林笑笑是软柿子吗？

"社长，你确定吗？"林笑笑收敛起嘴上勉强挂着的笑容，冷冷地看着社长，眼神只传达一个意思：最好告诉我，否则我不会罢休的。

"真的不能告诉你！"社长为难地摊摊双手，一脸的爱莫能助。

"喻静……"林笑笑高声招呼在门口的喻静，等她一进来，就开门见山地指着社长，"她知道，可是她说不能告诉我们，你说我们该怎么办？"

"怎么办？"喻静嘴角一翘，把手指头和关节捏得噼里啪啦地响，阴笑着逼近社长。

呃，喻静这家伙，什么时候将电视里地痞流氓的架势学得这么像了啊？回去一定好好教育她，要是被她家那几个恐怖的长辈知道自己精心调教了这么多年的淑女，原来内在是个阿飞太妹，肯定会死得很惨的！

不过，这是自己跟喻静玩得烂熟的把戏，一个唱红脸，一个唱黑脸，既然喻静都要武力镇压了，她林笑笑当然要出面怀柔了。

"喻静，不要这么凶，我相信社长一定会告诉我们的对不对？"林笑笑说着笑眯眯地看着脸已经变色的社长。喻静初中时候练过跆拳道，现在还加入了武术社团，真的要是等喻静发起飙来，那可不是在座的人能阻止的。

社长果然是一个很识实务的人，不然也不会混到社长这个位置啊，她眼珠子一转，脸色变了一下，立刻换上了亲切的微笑："当然，当然，大家都是一个社的成员，当然要互助互爱，两肋插刀都是应该的，何况只是这么一点点的小忙呢？当然要帮的！"真是变脸跟翻书一样快啊。

不过现在不是研究社长怎么会如此识相的时候，重点是，社长答应告诉她们那个害林笑笑背黑锅的家伙的名字了，其他的细节什么的，以后再说！

"是谁？"林笑笑和喻静齐齐喊出心中的疑惑。

"是他。"社长从抽屉里掏出一张表格，丢到林笑笑的面前，好像很熟悉耶，这个不是入社要填的资料表吗？

林笑笑抓过来一看，表格上的照片首先吸引了她的目光，一张普通到不能再普通的脸孔，几乎属于丢到人堆里都找不到的那种，就是这样一个家伙，竟敢偷拍到了罗亦的照片，抢走了她的生意？

简直是太打击她了，她林笑笑居然败在这样一个平凡普通得名不见经传的家伙手里！苍天啊！你太不公平了吧？

好歹想象中的打败自己的人，应该是典型的獐头鼠目，一脸的狡诈，看上去就充满了阴险味道啊？怎么会是这样的呢？欲哭无泪啊！

"发什么呆呢？到底是谁啊？"喻静等了半天，不耐烦地抢过林笑笑手里的表格，嘴里发出轻轻地惊呼，"是他？"

"你认识？"林笑笑敏感地感觉到喻静的语气，低头看了看表格上的名字：袁江。

园林设计系。

就是咱们自己系里的？喻静你认识吗？林笑笑疑惑地看着喻静，她脸上的表情十分精彩，一会儿咬牙切齿，一会儿横眉冷对，一会儿杀气腾腾……

"喻静？喻静？你怎么了？他是不是得罪你了？"林笑笑推推沉浸在自己想法里的喻静，这家伙怎么了？怎么好像跟那个叫袁江的有不共戴天之仇似的？

"袁江！这家伙居然敢阴林笑笑！我要废了他——"喻静

一手抓着表格，一下就冲出了门外，眨眼间消失在林笑笑的视线里。

林笑笑揉揉眼睛，看着喻静消失的方向，半天才回过神来，求教地看看社长："社长，这是什么状况？"

社长擦擦头上的冷汗，同样一脸的莫名其妙："我怎么知道啊？"

算了，问她不如问自己，直接跟过去看好了，看喻静那个架势，估计这个叫袁江的家伙下场会很惨，自己得快点过去：一为看好戏，二为在喻静休息的时候替换上场，教训那个害人的家伙！

林笑笑还没到系里，老远就听到有人在鬼哭狼嚎，还有噼里啪啦的声音，然后就是一群人叽叽喳喳的喧嚣。

"哇……揍他的左脸，对对对，就是那里！"

这是什么？怎么好像是幸灾乐祸？

"哎呀——流血了耶，天啊，真的流血了耶，要不要叫医生？"

这个好歹正常点，记得要叫医生了，难道喻静真的下黑手了？林笑笑一边猜测，一边加快了步伐。

"叫什么医生啊，难得看到美女使用跆拳道揍人呢，看看，一举一动多么干净利落，每一个动作都那么优美——"

林笑笑可以肯定，再不去阻止，那个叫袁江的绝对要废了！

拨开人群，林笑笑终于看到了人群中的焦点，喻静正提着那个叫袁江的家伙，已经看不出来本来的面目了，他的嘴角破了，丝丝的血了出来，衣服上全是灰土，已经分不清楚原来的颜色了，头发也灰扑扑的，整个人就一个词——狼狈！

"好啦，喻静，到底怎么了？"林笑笑赶紧在出人命前，拦住了喻静，照这个形势下去，轮不到她出手，这个可怜的袁江就要进医院好好休养个一年半载了。

袁江到底怎么得罪她了？被这么修理？喻静平日里虽然鲁莽，可是没有下这么重的手的时候啊？

"救命啊，救救我——"袁江一看到好不容易有人拦在了前面，立刻爬到林笑笑的身后，扯着林笑笑的裤脚喊救命了，那可怜兮兮的样子让林笑笑都有些不忍心了。

"你问他做了什么好事？居然敢阴林笑笑，利用林笑笑？你给我乖乖地爬出来哦，要不然，看我怎么修理你！"喻静怒气冲冲地指着躲在林笑笑背后的袁江，愤怒的样子，让林笑笑看了都害怕。

"利用你？"林笑笑脑子里似乎有什么要破壳而出，有个想法正在林笑笑脑海里成形。

"这个家伙也加入了我们武术协会，我说怎么没事就问关于我和你的事情，尤其是特别关注你和罗亦的事情，我还真当他是一时好奇呢，没想到，他根本就是利用我，从我口里套出有用的情报，然后为自己所用！当我喻静是什么了？给我滚出来！"喻静气得都骂脏话了。

"你是说他利用你套取有利的情报，掌握了罗亦的行踪，然后偷拍的？"林笑笑大致了解了情况。

"就是啊，真是个阴险的小人！"喻静气得眉毛都拧到一块了。

"那你继续，我什么都没看到！"林笑笑狠狠地回瞪了一眼躲在林笑笑背后的袁江。好家伙，居然当了那只黄雀，我林笑笑就是那无知的螳螂，还有脸躲到我的身后？

林笑笑飞快地闪开，给喻静挪出更宽广的发挥空间。

"我错了！对不起！我知道错了！原谅我这一次吧！求求你们，不要再打了！"袁江一下子面如土色，腿抖得跟筛糠一样，一脸哀求地看着林笑笑跟喻静。

"知道错了？那好吧，反正今天当着这么多同学的面，你就讲讲你的光荣史吧！"林笑笑冲喻静使了个眼色，她心领神会地点点头，配合地做出了威胁的架势。

"我……我……"袁江看了看周围水泄不通的人，有几分怯懦地退缩了一下，不过立刻被喻静凶巴巴的眼神和高高举起的拳头逼了回来。

"我刚进长宁就看到了八卦社的招聘信息，然后看到了那个最高任务，我当时本来没想接，不过后来听到全校都在传林笑笑为了拍到罗亦的裸照，无所不用其极的事迹，而且传得沸沸扬扬的，我当时就想，如果所有的人将注意力都集中在林笑笑身上，包括罗亦都只顾着防备林笑笑了，就不会有人注意到我了，所以我就偷偷地接了那个任务……"袁江的声音在林笑笑的怒视下越来越小，几乎听不到了。

"然后呢？"林笑笑怒斥袁江，狠狠地一记死光眼瞪过去，

罗亦，我想把花送给你呀

NND，自己居然也有被人当枪使的一天啊！居然还是被这么一个不起眼的家伙！气死了！

"然后，我知道你和喻静关系最好，有什么消息肯定不会隐瞒喻静，所以我就假装很好奇你的事迹，没事就向喻静打听，果然就知道了罗亦的行踪，也知道了罗亦的一些生活习惯，然后……"该死的袁江，说话怎么这么不利索啊，老是吞吞吐吐的，让人崩溃啊！

"继续！"林笑笑直接丢给他两个字，其实她也十分好奇，他是怎么拍到罗亦的照片的。

周围的人也屏住了呼吸，都齐刷刷地看向袁江，期待着他讲出不为人知的一幕来。

"然后，我就偷偷地在澡堂里安装了摄像机，结果——"袁江居然又给林笑笑说半截话，林笑笑干脆开口："喻静，揍他！"

喻静巴不得这林笑笑说句话呢，挥舞的拳头就要落在袁江的脸上了。袁江立刻后退，然后大叫："不要打我！我说，我都说！那个……那个……其实我没拍到罗亦的半裸照片，摄像机被他发现了，我只来得及拍到他的头部……"

"头部？那下面的身子是怎么来的？"林笑笑眯起眼睛，心里有了一丝的了然。

"我凭着自己的记忆，然后……然后在网络上找了一个很相似的身体，P了上去，然后就……"袁江一脸惊恐地看着四周的人，犹豫了半天，在喻静的武力威胁下，还是吐露了实情。

"什么？"

"啥？"

"怎么会这样？"

惊叹声和抽气声此起彼伏。

"将你说的都写下来，然后签字画押。"林笑笑从书包里掏出纸和笔丢给袁江，然后再从口袋里掏出喻静的手机，还好林笑笑聪明啊，开启了录音功能，这下铁证如山，看袁江你往哪里跑！

等着袁江写完了认罪书，签字画押，林笑笑一把抢过来，仔细地看了一遍，很好，算这小子识相，写得条理分明，事实清楚。

林笑笑很大方地拍拍袁江的肩膀，悲天悯人地开口说："好吧，看你这么诚实的份上，我就不追究你的责任了，喻静，我们走——"说着拖起不情不愿的喻静就要走。

喻静一边小幅度地挣扎，一边低声跟林笑笑抱怨："林笑笑，你脑子坏掉啦！怎么可以就这么简单地放过他？我还没揍过瘾呢！"

林笑笑冲喻静使个眼色，示意她少安毋躁，然后一脸大度地开口："喻静，我们做人要厚道，大家都是同学嘛，要和睦相处才是对不对？人家都承认错误了，我们只需要到学校领导那里解释一下就可以了，总要给袁江同学一个改过自新的机会嘛，走吧！"说着她拽起喻静快步离开了袁江以及外面那群看戏的同学。

她们一路狂奔出老远，然后躲在假山后面。

一脸莫名其妙的喻静不满地瞪林笑笑："你搞什么啊？哪那么轻易地就放过袁江啊？"

"你回头看看。"林笑笑用手指指袁江所在地。

"咦？怎么回事啊？怎么那么多人都冲了上去啊？好像都跟袁江有不共戴天的仇恨一样？啊——那一拳头真狠啊，袁江的鼻子算是完了……呀，扯得好，袁江那死小子的头发肯定掉了一半了……对，就这么打，给我用力！用力！"喻静比自己上场还兴奋啊，手舞足蹈，兴奋得不得了。

她半天才想起回过头来问林笑笑："笑笑，这到底怎么回事啊？"

喻静推推林笑笑，好奇得不得了。

"废话，如果你掏大价钱买了一张或者不止一张假的半裸照片，你会对那个罪魁祸首做什么？揍扁他那是最轻的啦！"林笑笑扯扯嘴角，袁江，这下你可真的是死定了。

"哦——我明白了，林笑笑，你太坏了！你让大家都知道了袁江欺骗了大家，然后你又摆出一副大人有大量的样子，让所有人对你感恩戴德，可怜的袁江，现在还对你表示感激呢，还不知道，你故意放他一马，就是为了让他接受大家的摧残啊！啧啧……古人说得对啊，千万不要得罪女人啊！"喻静一边远远地看众人群殴袁江，一边不忘记损林笑笑两句。

"哪里，哪里，过奖过奖！"林笑笑配合地做出谦虚的样子，顺便还假装害羞地捂着脸。

"喊！"喻静丢给林笑笑一个白眼。

"好啦，戏看得差不多了，走吧——"林笑笑拍拍自己的衣服，准备闪人。

"去哪里啊？"喻静眼睛仍旧依依不舍地看着袁江那边。

"废话，拿到证据当然是要去学校领导那里洗刷我的冤屈啦！被打的又不是你，怎么你的脑子好像坏掉了？"林笑笑丢了个白眼过去，真是败给喻静了，连最重要的事情都能忘记，不服她都不行啊！

"林笑笑？"喻静突然脸色一正，严肃起来。

"干吗？"喻静这么严肃的样子林笑笑还真的不习惯，被吓得一愣，怔怔地看着她，以为她发现了什么重大问题呢。

"你真的是去洗刷自己的冤屈吗？"喻静突然天外飞仙地来了一句。

"废话，难道我是去跟学校领导喝茶的吗？"真是吓一跳，林笑笑还以为是她要说出什么来呢。

"可是，我怎么看你都是去解救罗亦的啊？对不对？"喻静丢下这句话，坏笑着跑开。

林笑笑愣了半天才回过神来，这个臭丫头，居然嘲笑自己！不想活了她！

"喻静！你有种就给我站着别跑——"林笑笑脚一跺，杀气腾腾地追了上去。

罗亦

我想把花送给你呀

· I WANT TO SEND ·
· FLOWERS TO YOU ·

· 23 ·
偷拍事件终于结束了

· I WANT TO SEND FLOWERS TO YOU ·

"事情就是这个样子的,其实罗亦没有真的被拍半裸照片啦,校长,您可以取消对罗亦的处分了吧?"林笑笑将袁江写的认罪书还有录音放到校长的面前,等他们听完后,第一句话就是要求校长和其他的几位领导取消那个白痴的决定。

"你叫林笑笑?"

校长大人怎么笑得那么怪怪的啊?还有,其他的几位学校领导怎么也都用看珍稀动物的表情看着自己啊?难道自己出名到连学校领导都如雷贯耳的地步了吗?

"我就是林笑笑。"

林笑笑点点头,警惕地看着面前的几位领导。虽然他们笑得很和蔼慈祥,可是,她的第六感告诉她,没什么好事!

"你就是那个在全校宣言要拍罗亦半裸照片的林笑笑?"校长饶有兴致地看着林笑笑。

呃,那个,这个……没想到这事连校长大人都知道了,她是该骄傲地承认呢?还是谦虚一点呢?

脑子里飞快地转着念头,最后林笑笑还是决定低调一点比

罗亦,我想把花送给你呀

/
143
/

较好，谁知道校长是不是来先礼后兵那一招呢？防着点准没错！

"我就是，不过我可没有偷拍罗亦啊！"林笑笑赶紧声明自己的立场，免得给校长一个偷拍狂的印象就不好了。

"那你应该会很高兴罗亦的照片被偷拍啊，怎么好像你有点为他打抱不平呢？"校长这话什么意思？

林笑笑狐疑地打量了一下校长，脑子里将要说的话过滤了N遍才开口："呃，那是因为全校都以为这次的照片是我拍的啦，我才不要替人背黑锅呢！"

话一出口，林笑笑就看到了校长笑得跟千年老狐狸一样。

莫非自己说错了什么？

林笑笑立刻回想自己刚才说的话，没有错啊，自己本来就是这么想的啊，理直气壮啊！可是怎么在校长的眼神里，她有点心虚的感觉呢？

"原来是这样啊，你和罗亦倒是真的有点相似啊！"校长状似叹息的一声低语没有逃过林笑笑的耳朵。

罗亦？他跟校长说什么了？林笑笑耳朵立刻竖了起来，眼睛也亮晶晶地看着校长，希望他多吐露一点关于罗亦说了什么的信息出来。

校长果然是大好人啊，她承认自己是小人之心了，将校长想象成了披着人皮的狼了，没想到校长真的就是披着人皮的人啊！

在林笑笑期盼的目光下，校长很慈悲地开了金口："当照片在全校流传开来，照你说的，全校都认为是你林笑笑偷拍到了罗亦的照片，因为造成了比较严重的影响，所以我们将罗亦找来，希望听听他的意见，商量怎么处罚你——"

说到这里，校长故意卖了个关子，停顿了一下。

林笑笑心里"咯噔"一下，原来还有这些自己不知道的内幕啊，可是后来为什么没有惩罚自己呢？林笑笑有些迷糊了。

"我们一致认为，应该给你记过处分，罚你打扫你们系教室一个礼拜作为惩罚！可是罗亦坚决不同意，他说也许你是有什么不得已的苦衷，他不想追究你的责任，并且想让我们取消对你的惩罚决定——"校长真是会吊人的胃口啊，说到最关键的部分又停顿了，林笑笑几乎想狠狠丢两个白眼过去了，不过衡量一下形势，还是算了！她老老实实地敛目收眉，乖乖等校长大人继续说话。

"我们不同意，认为像你这样的歪风邪气不能助长——"说到这里林笑笑就想要抗议了，什么叫这样的歪风邪气啊，自己又没偷拍，就算是想偷拍，可是，那不是还未遂吗？刚要张嘴抗议，就被校长的手势阻止了。

"不过罗亦他愿意替你接受惩罚，并且保证说你不会再犯类似的错误，所以我们决定，将给你的处罚，减半处罚到罗亦身上——"校长居然这个时候还能笑出来？

林笑笑一脸愤怒地瞪着学校的几位领导，有没有搞错啊？这个可以代替的吗？先不说没有查清楚事实真相就胡乱地要处罚人，而且处罚是儿戏吗？居然可以有人代替的！如果不是看在他们是学校领导，她不敢得罪的份上，她简直要骂他们老糊涂了，这么无聊的事情他们也能做！

还有罗亦那个白痴，搞什么飞机啊！要处罚我就处罚好了，替什么替啊？既然替她接受了处罚了，干吗又跑到自己面前大吵一架，他脑子坏掉了吗？

林笑笑现在满脑子都是愤怒和无语，呃，好吧好吧，她承认，在心底深处，还是有一些窃喜和高兴的。那个笨蛋罗亦，真的是块木头哦，背地里居然这么维护她，真是没看出来啊！

估计是林笑笑愤怒的眼神实在是太不容忽略了，校长的话尴尬地戛然而止，然后打着哈哈："这个，林笑笑同学啊，很感谢你调查清楚了这次事件的真相，呃，我们决定奖励你，你有什么要求没有？"

哼！知道错了，就想用奖励来封我的口啊，真是老土的一招，不过的确有效！

林笑笑眼珠子一转，笑眯眯地开口："那个，对罗亦的处罚是不是可以撤销了？"

"当然，当然，我们一定撤销一定撤销的！"校长笑得一脸慈祥。

"那，为了弥补这次事件中，我和罗亦同学心灵所受到的伤害，校长，你是不是可以——"林笑笑故意停顿了一下，看看校长一下子变得有些难看的脸色。

"你有什么要求就说吧。"校长无奈地苦笑，一脸的郁闷。

"能不能让我本学期期末考试成绩都是 A 啊？"

林笑笑贼兮兮地提出要求，然后就看到校长脸色很精彩地从红转到白，又从白转到青，再从青转到黑。

　　然后，校长一声怒吼："林笑笑，你以为学校是超市吗？可以任由你选择条件的吗？"

　　喊，就知道校长会来这一招，不过她早有准备，她的意向本来就不在此。

　　林笑笑一点都不胆怯地迎着校长的目光："校长，开个玩笑了，何必生这么大气呢？生气对身体不好，容易长皱纹，掉头发的……"

　　林笑笑得到撤销罗亦的处罚就已经很满意了，根本没有再多的要求，所以就等校长稍微平静后赶紧从办公室消失，免得校长一会儿后悔就不好了。

· 24 ·

罗亦向林笑笑道歉了

· I WANT TO SEND FLOWERS TO YOU ·

"今天是个好日子，心想的事情都能成……"林笑笑哼着五音不全的小调，心满意足地在校园里晃来晃去。

洗刷了自己的冤情，狠狠收拾了袁江那个害她的小人，顺便还去校长那里讨了公道，叫她如何不高兴啊？

抬头看去，天是那么蓝，云是那么白，风也轻，水也笑，就连遇到的同学，也比平日里顺眼很多。

等了林笑笑许久还没见她从校长办公室出来，喻静无聊到跑去买雪糕吃，只见她气喘吁吁地叼着一根雪糕，手里还拿着一根。她跑到林笑笑面前顺手将雪糕丢给林笑笑："你出来啦？校长他们没为难你吧？"算这个家伙知道有福同享。

林笑笑不客气地接过雪糕，大大地咬上一口："怎么可能不好？我是谁？怎么可能让他们那几个老古板为难！"

"得了吧你，事情都解释清楚了？"喻静毫不客气地打断林笑笑的自吹自擂。

"是啊，认罪书和录音资料往校长桌子上一放，不就什么都清楚了吗？我连半点口舌都没有费，校长他们就直接承认自

罗亦，我想把花送给你呀

/
148
/

己的错误了！”林笑笑说得绘声绘色。

喻静听得一愣一愣的，半天才反应过来，直接一巴掌拍了过来：“说得那么神！骗谁呢？”

林笑笑吐吐舌头，一点面子都不给地开口：“骗你啊！哈哈——”她大笑着闪开喻静接下来的一脚。

“喔！”

“哎哟——谁啊？”只顾着躲开喻静的无敌神脚的林笑笑，压根没回头看自己路，结果，很悲惨地撞到了一堵硬硬的人肉墙，撞得林笑笑头晕眼花，满眼都是星星。

她回过身来一看，罗亦？

不是被撞晕了头，出现幻觉了吧？脑子还有点晕晕乎乎的林笑笑，傻傻地看着对面的那个家伙半天后，才记得揉揉眼睛。

没有眼花？是罗亦！他不是说再也不想见到自己的吗？怎么又跑到这里来了？还跟她撞上了？看他的表情，挣扎都写在脸上呢。

要不要立刻躲开这个讨厌的家伙！哼！居然不相信她！跟她做了这么久的朋友，居然不相信她！

“呃，林笑笑……”谁在叫她？罗亦？他刚才在叫她吗？林笑笑瞪大眼睛不可思议地看着罗亦。

“对不起！”罗亦脸色变幻了半天，眼睛里闪烁着林笑笑不太懂的光芒，然后突然来了这么一句。

慧星撞地球了！

罗亦居然，居然会说对不起耶！而且是跟她林笑笑说对不起耶！她莫非是在做梦？

林笑笑一把抓过早就呆成木鸡的喻静："喻静，你掐掐啊，看我是不是在做梦？罗亦居然跟我道歉了！天啊，本年度最最劲爆的消息耶！"

"林笑笑！"是罗亦有一丝愠怒的声音，当然，更多的是她熟悉的无奈。

哼！林笑笑瞪了过去，别以为说一句对不起，这件事情就可以这么快地解决掉了！她林笑笑最记仇了，喻静八岁那年欠她一根棒棒糖，她到现在都还记得呢！

"干吗？"林笑笑将自己的不爽很明显地表现在脸上给罗亦看。

"那个，照片的事情……我……"罗亦有几分别扭，还有几分的惭愧和尴尬脸上有一丝若隐若现的红晕。

罗亦也会害羞？林笑笑脑海里闪过这样一个念头，差点惊呼出声，不过还好立刻咽了回去。

原来罗亦是为了这个事情啊？他怎么会知道的？谁告诉他的啊？她刚从校长办公室出来，取消处罚的事情应该没有这么快就通知他吧？

林笑笑狐疑地揉揉鼻子，凶巴巴地问罗亦："照片的事情你知道了？"

罗亦点点头："对不起，林笑笑，我不该怀疑你的！我——"他尴尬地看着林笑笑，眼神里传递着他的歉意和感谢。

林笑笑别过头去，算了！看在这个家伙态度还算诚恳的份上，自己就大人有大量地原谅他吧！不过，这精神赔偿以后再慢慢地跟他算。

　　但是，有个问题还是要问的——

　　"你是怎么知道的？"

　　"林笑笑，你头脑秀逗啦？还是被门夹了啊？你忘记了袁江被那么多人群殴了？估计现在消息全校都知道了，不知道的才稀奇呢！"在一边听了半天好戏的喻静突然冒出来一句。

　　林笑笑扭头看去，喻静正一脸促狭地冲着她和罗亦挤眉弄眼地笑。

　　"该干吗干吗去！"林笑笑恼羞成怒地一脚踹过去，死喻静，那个笑容看起来真是很碍眼耶！

　　"知道啦，我很识趣的，不打扰你们了，我走了，拜拜——"喻静在林笑笑第二脚踹出去之前，见机丢下一句，飞快地跑远了。

罗亦

我想把花送给你呀

· I WANT TO SEND ·
· FLOWERS TO YOU ·

·25·
生活照可不可以?

· I WANT TO SEND FLOWERS TO YOU ·

林笑笑和罗亦相互看了一眼,都有些不好意思。

林笑笑有几分别扭地低下头,数脚下的蚂蚁,一只,两只,三只……

两个人之间是一阵沉默,只听到对方的呼吸声,这种沉默,实在是让林笑笑憋得受不了,本来没什么事情,这么别扭着倒是显得自己小心眼了。

她定定神,清清嗓子,抬头,刚要开口,罗亦的声音响起了:"对不起,我,我不该不相信你的!"

"呃——"林笑笑一下子又慌了手脚,讷讷不成言,"没关系啦,反正我也打过你半裸照片的主意——"

嗡!林笑笑脑子一下子就大了!回过神来的她恨不得抽自己一记耳光!傻呀!这个时候她不是应该装作一副大度的样子,轻描淡写地说声没关系吗?或者眼泪汪汪地看着罗亦,表示自己受了很大的委屈和伤害,来让罗亦同情啊!

怎么就脑子进水地将自己的心里话说了出来呢?苍天啊!让她死了吧!林笑笑捂着脸哀号,死都不敢抬头看罗亦的脸色,

罗亦,我想把花送给你呀

现在肯定很难看！

"呵呵——"这是什么声音？笑声？罗亦的笑声？林笑笑偷偷地侧一下脸，松开手指头，从手指缝里看出去。

真的是罗亦在笑哦！他的眼睛弯弯成两抹月牙，眉毛微微上扬，嘴角轻轻翘起，低低的笑声从嘴角边溢出。他笑起来，似乎满世界的阳光都倒映在了他的眼底，灿烂得让人无法正视！天啊，最最让人不可以思议的是——罗亦居然有酒窝耶！很明显地挂在他的左颊上！

呜呜呜，不想活了！一个大男生居然有这么深邃、这么可爱的酒窝，而她，号称宇宙超级无敌可爱的美少女林笑笑都没有！

"你居然有酒窝！"林笑笑恶狠狠地指着罗亦的左脸，恨不得扑上去抢过来！

"什么？"罗亦有一时的怔忡，不过立刻明白了过来，马上换上了百年如一日的冷酷死人面孔来。

"你一个大男生怎么可以有酒窝？"林笑笑继续控诉，实在是太受打击了！

"林笑笑！"死人脸变成了活火山！他眼睛里喷射出的怒火几乎可以将林笑笑烧成焦炭了。

林笑笑立刻识相地换话题："呃，谢谢你在校长面前说的话哦！"想了半天，还没有感谢罗亦的仗义呢，要不是他，说不定林笑笑就背上了处分了！这怎么可以呢？自己是完美的林笑笑，绝对不允许出现这样的状况的！

所以，罗亦算是解救她于水火啊，更何况，他都拉下面子来跟她说对不起了，她跟他说声谢谢也没什么啦！

"没事，你不是也帮了我一个忙嘛，校长都告诉我了！"

罗亦的嘴角一弯，止不住的笑意快要从眼睛里溢了出来。

"呃，你都知道啦？"

林笑笑在罗亦满是笑意的眼神下，难得有了那么一点点的不好意思。

"谢谢你！"罗亦目光澄澈，诚挚地向林笑笑道谢。

"哎呀——没事啦，不要这样行不行？"林笑笑觉得浑身似乎有几百条毛毛虫爬来爬去的，好生难受，这样的罗亦，她实在是受不了。

"我是很真诚地跟你道谢的……"罗亦开口要解释。

林笑笑飞快地打断他："我当然知道啦，不过我们之间没必要这么客气吧？大家都是朋友嘛。再说了，严格地说来，我还要跟你道歉呢，毕竟我也想过要偷拍你的照片啊。不过经过袁江这么一闹，我才能站在你的立场想问题，才能了解你的难处。偷拍真的是件不好的事情啊，还好我没做，要不实在是太侮辱我的人格了！"

林笑笑有些后怕地拍拍自己的胸脯，不敢想象，如果真的是她偷拍了罗亦的照片，事情会变成什么样子！

"你以后不打算偷拍了？"罗亦眼神晶晶亮地看着林笑笑，看得她寒毛都竖了起来。

林笑笑悄悄后退一步，小心翼翼地问罗亦："是啊，那又怎么了？我发誓哦，我真的没有偷拍你的照片啦！顶多就是脑子里想想而已……"后面的话在罗亦变得阴沉的脸色下很识相地咽回到了肚子里。

"你要那个照片做什么？"罗亦居然也有好奇的时候。

林笑笑只顾着惊讶罗亦难得一现的好奇心，随口回答："换最高奖金啊，五千块耶！啊——"

林笑笑飞快地捂住自己的嘴，两只眼睛滴溜溜地转着，想找条最近的逃生道路！脑子里则狠狠地痛骂自己：林笑笑，你真是没长脑子啊！这样的话也能说出来吗？找死啊你！

"你很需要那笔钱吗？"罗亦他居然没有发火，而是眉头微微皱起，有几分关切地问。

"废话，当然需要啊！"

林笑笑很快地丢出一句，自己的手机丢了，一直也不敢告诉家里，也是不想疼爱自己的老爸难过。

"一定要是半裸照片吗？"罗亦沉思片刻后，突然问了一个石破天惊的问题。

"你……你……这是……这是什么意思？"林笑笑脑子轰一下子炸开了！罗亦这句话的意思是什么？莫非？难道？或者？也许？大概？

他要接受拍照？

林笑笑两只手抖啊抖地跟地震一样，指着罗亦，震惊得说不出话来，罗亦居然有主动接受拍照的意图？

"问问你们那个社长，生活照可不可以？"罗亦脸上飞快地闪过一丝狼狈，然后冷冷地丢下一句话，拔腿就走。

　　"不要走，等等我啊，你不是在开玩笑吧？"林笑笑反应过来，飞快地追了上去。

　　"笨蛋——"罗亦头也不回地从牙缝里挤出两个字来。不过，林笑笑眼尖地看到，隐隐的笑意爬满了他的眉梢眼角！

·26·

作为朋友，最重要的是什么？

· I WANT TO SEND FLOWERS TO YOU ·

"社长，你觉得怎么样啊？"林笑笑不耐烦地看着对面一脸痴呆状的社长，搞什么啊，她只是跟她提了一下，用罗亦的生活照替代那个半裸照片而已，她就发呆到现在了。

看看手表，已经过去五分钟了，平日里看上去精明干练的社长还没有回神。

林笑笑叹了一口气，举起手在社长的眼前挥来挥去，终于将社长的心神吸引了回来。

"社长，行还是不行，你倒是告诉我啊！到底可以不可以啊？"林笑笑很有耐心地重复问。

"当然！当然没问题！绝对没问题！肯定没问题！怎么会有问题呢？天啊，太棒了！没想到我有生之年居然还可以看到罗亦的照片！仁慈的上帝啊，是你在开玩笑吗？"回过身来的社长一脸的癫狂，说话也语无伦次起来！

看她一脸夸张的感激和唱作俱佳的样子，林笑笑简直要怀疑她不是八卦社的社长，而是戏剧社的社长了。

"社长，那就这么说定了哦，奖金可是一分都不能少的

罗亦，我想把花送给你呀

哦！”林笑笑有些怀疑地看看社长。

说实话，经过了上次的袁江事件以后，林笑笑总觉得社长不那么可信了，说不定哪天又会跑出一个人来，告诉她，那个奖金被她或者他领走了。

“不相信我？要不我发誓？发毒誓？”社长举起手来，一脸正经地开口，“我何虹在此对天发誓，如果林笑笑将罗亦的生活照片拿来，我一定将最高奖金发给她，如有食言，出门被车撞死，走路被狗咬死，喝水被呛死，吃饭被噎死……”

说到半截，她抬眼看看林笑笑还是一脸不相信的神情，咬咬牙：“……如果食言，就让我最爱的鹿晗星途黯淡，死于贫困！”话说完，还用委屈兮兮的眼神看着林笑笑，那样子似乎在说：看吧，我连最爱的鹿晗都拿出来发誓了，你该相信我的诚意了吧！

林笑笑朝天丢个白眼！“好吧，好吧，我相信你的诚意了。”

“行！那你什么时候可以将照片给我？”

“呃，这个嘛——”林笑笑将音调拖得长长的，然后不紧不慢地说，“看我什么时候能拍到吧！”

“林笑笑！”社长怒火滔天地拍了拍桌子，“你耍我吗？”

“社长大人，火气太大对身体不好哦！再说了，只要我拍到照片，你给我发奖金就可以了，着什么急，八卦社也不是明天就要倒闭。”林笑笑劝社长消消气。

“你……你……”社长估计第一次被人这么戏弄，气得口齿都不伶俐了。

"社长，你慢慢生气吧，我先走了！等着我的好消息哦！"林笑笑云淡风轻地挥挥手，不带走一片云彩地闪人。

刚出八卦社，迎头就碰上了易诚，一看到林笑笑，他就条件反射地捂住了自己胸前的一样东西，飞快地侧过身去，并且贼眉鼠眼地四处打量，看那样子他想溜走。

哼！如果不那样，林笑笑也许还没注意到他，表现得这么明显地怕被她看到，自己不看到才真是见鬼了呢！

"站住！"林笑笑低喝一声，易诚愁眉苦脸地转过身来。

"林笑笑，嘿嘿……好巧啊，你也在啊！"他一边脸上挤出难看的笑容来敷衍林笑笑，两只手一边悄悄地缓慢往背后放去。

"是啊，好巧啊！真是天涯何处不相逢啊，是吧？"林笑笑也虚伪地嘿嘿假笑，哼，跟她玩这一套！

"呃，林笑笑，你很忙吧，我就不打扰你了，我先走了！再见！"易诚看到林笑笑的笑容，脸上那丝勉强的笑意怎么都挂不住了，几乎有点两股战战，几欲先走的架势。

林笑笑更是觉得他有鬼，一脸迷人的微笑："易诚啊，想去哪里啊？"

"呃，我突然想到我还有很重要的事情，我——"易诚挂着嘿嘿傻笑，试图蒙混过关。

"很重要啊，要我帮忙吗？我很乐于助人的！"林笑笑将后面几个字咬得很重。

"不用了！不用了！其实也不是什么太重要的事情，林笑笑啊，你忙你的去吧！"易诚立刻慌张地摇头，坚决地拒绝。

"易诚啊，我们都这么熟了，不用不好意思的！我现在反正也没什么事情，走吧，一起走啊！"林笑笑脸上挂着可以和恶魔媲美的笑容，走近易诚，不着痕迹地就要抓过他的手。

易诚飞快地退开一大步，然后脸上的惊惶失措怎么都掩饰不住，看他的样子，简直就快哭了。

"好啦，好啦！我招！我招行了吧！你不要再靠近了！"易诚在被林笑笑逼到死角后，终于受不了了，挫败地举白旗投降了。

林笑笑闲闲地收起恶魔的笑容，伸出手："拿来吧！"哼，居然妄图想瞒过她的火眼金睛？简直是白日做梦！

易诚不情不愿地将手从背后收了回来，一架小巧可爱的数码相机静静地躺在他的手心里，那别致的造型，让林笑笑看到就有抢过来的冲动。而她，也的确这么做了！

手里把玩着抢过来的相机，林笑笑懒懒地瞥了一眼一脸郁闷的易诚："咦？你还站在这里干吗？有事吗？"

"林笑笑！"易诚一脸的敢怒不敢言，眼睛一个劲地往林笑笑手里的相机瞟。

"你眼睛抽筋了吗？"林笑笑装作没看到，一脸无辜地问。

"不是啦，我的相机，你已经看过了，可以还我了吧？"易诚可怜巴巴地看着林笑笑，整个一个受尽委屈的小媳妇样子。

"借我玩几天。"林笑笑飞快地将相机收进自己的包里，太好了，上帝果然是偏爱她的，刚打算去给罗亦照相，易诚就送上了刚上市的数码相机。

简直是太完美了！她要用这个新功能的相机将罗亦拍得宇宙无敌霹雳帅，要他的粉丝遍布全校！

"林笑笑——你不能这样啊，我刚买的，我还没玩呢！"易诚哭丧着脸跟在林笑笑的身后，一副不还他相机，就黏定林笑笑的架势。

哼！聪明睿智的林笑笑会怕他这一招？用脚趾想都不可能啊。

林笑笑嘴角绽开一抹阴阴的微笑，一副语重心长的口气，谆谆教导："易诚，这就是你的不对了！我们是朋友对吧？"

易诚愣了半天，在林笑笑可以杀人的眼神下，不情不愿地点了点头。

"作为朋友，最重要的是什么？"林笑笑循循善诱可怜的易诚。

"是什么？"易诚果然上当，傻傻地追问。

"当然是同甘共苦了！"林笑笑很乐意为易诚解答这样的问题，不出意料，易诚一脸白痴地看着林笑笑。

"所以，你有了这样的好东西，作为你的好朋友，当然义不容辞地帮你玩玩啦，我玩就相当于你玩，不要用眼睛瞪我，仔细想想是不是这个道理！慢慢想哦，我走了，拜拜！"趁着易诚被唬得一愣一愣的时候，林笑笑赶紧拔腿就溜！

走出了老远，才听到易诚的一声怒吼："林笑笑，你还我相机来！"

27

不可能完成的任务

　　还没晃到建筑系，就看到罗亦正走过来，林笑笑立刻挥挥手，示意他自己在这边，要他过来。

　　罗亦怔了一下，有些迟疑，然后无奈地摇摇头，走了过来："怎么了？"口气虽然不怎么好，不过林笑笑已经习惯了，所以林笑笑当耳边风，直接地吹过。

　　"看这是什么？"林笑笑献宝地掏出刚从易诚手里借过来的数码相机，在罗亦的眼前晃了一下。

　　"什么东西？"罗亦的眉头皱了一下。

　　"笨蛋，是数码相机啦！"林笑笑有些泄气地瞪了罗亦一眼。真是的，连这个都看不出来，浪费她一番苦心啊！亏她这么费力地从易诚手里骗过来，给他开眼界呢！

　　"你要干吗？"罗亦的眉心不自觉地抽搐了一下。

　　"废话，当然是给你照相啦！你不要告诉我，你想反悔哦？"林笑笑立刻警惕起来，瞪着罗亦，他要是敢给反悔，她立刻去买把刀砍了他！

"现在？"罗亦的眉头紧紧地锁在了一起。

"当然啊，择日不如撞日，就今天！"开玩笑！难得罗亦答应了，要是不抓紧机会，万一他哪天反悔了，她哭都没地方哭去了。

所以一定要今天就搞定他！

看着罗亦有几分迟疑和犹豫的脸孔，林笑笑立刻给他上课："要知道，是你答应我的！不能食言而肥啊！知道什么是食言而肥吗？就是说话不算话，然后上帝惩罚你，越吃越胖，最后成个大胖子！到时候，你就没这么帅了，找不到女朋友，然后走到路上都会被人嫌弃的！"林笑笑不忘记在最后的"嫌弃"二字上重重地加强语气。

罗亦的犹豫变成了啼笑皆非："知道啦！去哪里拍？我可不想被人当猴子看！"

嘻嘻！罗亦答应了！

胜利！

林笑笑偷偷地在背后比出一个 V 字，脸上是灿烂得过分的笑容："没关系，我选好地方了，跟我走就是了。"说着，她拖起罗亦就跑。

目的地，是只有他们两个人知道的第二餐厅的后面那个小小的世外桃源。

嘿嘿，林笑笑早就打算好了，那里安静，没有人去打扰，而且风景也好，最适合拍照这种偷偷摸摸的事情，呃，不，应该是比较隐秘的事情啦！

到达目的地，林笑笑掏出数码相机，装模作样地指挥："你到那边去……对……手扶着那棵树……笨蛋，是左边的那棵啦！嗯……很好，就这样，脸上露出一点微笑！微笑！不是要你用眼睛瞪我啦！"

林笑笑狠狠地回瞪过去，罗亦，你是亲口答应了要配合拍照片的，居然敢不合作，还用眼睛瞪人？

在林笑笑不甘示弱的眼神下，罗亦败下阵去，怏怏地挤出一个比哭还难看的笑容来。

算了，这个家伙天生笑神经失调，不勉强他了！

"好，就保持这个姿势不要动哦！我说 OK 你才能动，知道吗？"林笑笑不放心地叮嘱了一句。

"知道啦！"罗亦冷冷地丢来三个字。

林笑笑摸摸鼻子，不跟他一般计较，埋头研究手里的相机，准备开始拍照。

呃！

汗！

狂汗！

巨汗！

庐山瀑布汗！

成吉思汗！

林笑笑摆弄了半天，这个东西应该怎么用啊？怎么和自己以前用的那个不一样啊？呜呜，怎么打不开，拍不了照片啊？

怎么办？怎么办？林笑笑额头上冷汗一阵一阵地冒，心虚地偷偷瞟了一眼已经摆了足足三分钟姿势的罗亦，这会儿告诉他，他摆了半天的姿势都白费了，他会不会杀了自己？

"怎么还没好？"果然，罗亦没耐心了，一个老大的白眼丢了过来。

"就好了！就好了！马上就好！再等一下下！"林笑笑擦擦额头上的汗，继续折腾手里的相机。

什么破相机嘛！搞什么啊！关键时刻居然给我耍大牌？怎么跟易诚一个德行啊，关键时刻就出状况！今天可是百年难得的好机会，要是就这么砸在这台破相机上，等下非去生吞活剥了易诚不可！

这个按钮是什么？不管了，先按着看看！

哇呀！

眼前一道白光闪过，吓了林笑笑一跳，手里的相机没抓稳，差点摔在地上，半天才反应过来，这个是闪光灯。

HOHO！好险！林笑笑拍拍自己的胸口，惊魂未定啊！

"你会不会拍啊？这么大的太阳，你开闪光灯？"刚刚松了一口气，罗亦冷冷的声音传来，吓得林笑笑的心脏又开始不规律地怦怦乱跳。

"你管我！我试看闪光灯好不好用！"林笑笑嘴硬地反驳了回去。

不管了，一定要摸清楚这个东西怎么用。

林笑笑苦恼地瞪着手里的相机，真是烫手的山芋啊，早知道这样，她就不用费心思从易诚手里抢这个鬼东西过来了！呜呜，现在是搬起石头砸自己的脚啊！

难受，想哭！

看着那些莫名其妙不知道功能的键，林笑笑就头痛得想杀人，真是失策啊，当时应该连说明书一起抢过来的！

"不会用？"一个低沉的声音在耳边响起。

林笑笑自觉地点头，然后抬眼，罗亦一脸不耐烦地站在她的身边。

"你不在那边摆姿势，跑过来我这边做什么？"林笑笑惊惶失措之下，不忘记先吼过去。

罗亦用看白痴的眼神看着林笑笑："你当我白痴啊！摆了那么久你都没喊 OK，然后就看到你一个人在这边嘀嘀咕咕、挤眉弄眼，你手里的相机被你折腾来折腾去，我就是傻子也知道你不会用这个啊！"说着径自从林笑笑手里拿过相机，低头研究起来。

"呃，那个，这个不是新款吗，我还不太熟悉！不太熟悉呢！"林笑笑讪讪地解释，想为自己挽回一点面子。

罗亦连眼神都吝啬回林笑笑一个，埋头研究数码相机，纤长的手指在那些按钮上灵活地跳动，姿势如同弹钢琴一样优美。

林笑笑撇撇嘴角，不再自找没趣，大大咧咧地一屁股坐在地上，看着罗亦摆弄数码相机，突然发现他专注的样子真的好帅哦！

头微微地前倾，眼神专注地看着手里的相机，嘴角稍稍地抿起，手指在按钮间飞舞，从侧面看过去，弧度完美得如同希腊雕像一般。

这副样子，如果被那些迷恋他的粉丝看到，估计一个个都要尖叫晕倒了吧？如果能拍下来就好了！林笑笑心里嘀咕着。

可是，相机现在在罗亦的手里，而且，她根本搞不定那个相机！怎么办？

在她就要放弃的时候，脑子里灵光一闪！哈！她太有才了！这样的方法居然都能被她想到。

看一眼罗亦，正专注于相机，根本没空看她，她悄悄地从书包里掏出手机来，嘿嘿！感谢上帝！感谢老天！她昨天刚好将喻静的手机借过来了，这可是新款手机，拍照功能一流！

林笑笑奸笑着打开手机，趁着罗亦不注意，开始偷拍！

这个眉头微微皱起的样子好看，拍下来！

这个表情也不错，嘴角抿成一条缝！拍！

这么专注的眼神不拍简直就是暴殄天物啊！拍！

我拍！我拍！我拍拍拍！

嗯，他抬眼看向她这边，眼神犀利！表情冰冷！这个太帅了！死也要拍下来！

咦？他看向她这边？

林笑笑的眼睛从手机屏幕上挪出一点点余光去看罗亦，他什么时候发现她拍他了？正一脸不爽地看着她。

林笑笑眼明手快，飞快地将手机放进口袋里，然后挂着谄媚的笑容："呃，那个你会了？"

林笑笑指指他手里的数码相机。

"嗯，过来，我教你怎么用！"罗亦眼神闪动了一下，嘴角也扯了扯，似乎想说点什么，最后还是放弃了，冲林笑笑招招手。

林笑笑乖乖地走到罗亦的身边，听他教导："这个按钮是开关……这个是调焦距……这个是闪光灯……这个是拍照……这个是删除，还有这个，是上下浏览！记住了没有？"说着他看了林笑笑一眼。

"记住了！"林笑笑老实地点头，原来很简单啊！怎么刚才就没弄清楚呢？

"真的记住了？"

他什么态度嘛！明显就是不相信她！

"喂，你干吗不相信人啊？"林笑笑郁闷地嘀咕。

"你觉得你刚才的表现能让我相信你吗？"罗亦一句话让林笑笑噎了个半死！

哼！算他厉害！她现在是有求于他，忍！行了吧！

林笑笑愤愤地接过相机，大手一挥："过去摆好姿势吧！我要开拍了！"

"我摆什么姿势，你拍什么！"罗亦寸步不让地看着林笑笑，眼神犀利到似乎要看到林笑笑的心里去。

郁闷！她低下头躲避他的视线，本来打算，借他摆姿势的时候，好好地折腾他一下，让他知道，不要得罪她的，怎么好像被他看穿了呢？

好吧！好吧！反正他那么帅，不管什么姿势都帅啦！林笑笑撇撇嘴角："知道啦！还不过去！"狠狠地一脚踹了过去。

罗亦轻巧地就闪了过去，利落地停在了树下，几片秋叶缓缓地下落。对！就是这个意境，她抓紧机会！连拍几张！

发了！发了！这样的罗亦会让他的粉丝们发狂的！

"好了！够了！"林笑笑刚拍了不到五分钟耶，罗亦就喊停了。

林笑笑不满地瞪过去，罗亦一脸郁闷："就这么多吧，我要上课去了！"说着他居然拔腿就要走。

怎么可以呢？她绝对不允许这样的情况发生！哪有这样的事情？人家拍得好好的，正上瘾呢，他居然耍大牌罢工？

还真当她是软柿子吗？

"不许走！"林笑笑一个鱼跃，扑了过去，扯住罗亦的衣袖，说什么也不松手。

"放开！"罗亦一个冷眼瞪了过来。

"死都不放！"反正被他瞪几眼又不会死掉，随便瞪吧！只要不走人就好了！

"已经不下十张了，够了啊！"罗亦不耐烦地要扯开林笑笑的手。

"哪有那么多啊！"林笑笑一边说一边看相机的记录，真的已经十张了耶，可是，可是她看着罗亦的脸，这么好的条件，这么赏心悦目的人和风景，不多拍几张，上对不起天，下对不起地，中间也对不起自己啊！

"再多拍几张嘛！你资源这么丰富，不拍好浪费耶！"林笑笑试图说服罗亦。

"笨啊你！拍多拍少不都只有一份奖金吗？而且你不知道物以稀为贵啊！"

罗亦看白痴似的看着林笑笑。

呃，好像说得很有道理耶，社长好像没说要拍多少张啊，她干吗这么卖力啊？

她心里这么想着，手就不由自主地放松了力道。

罗亦轻轻地摆脱了林笑笑的手，捡起刚才脱下的外套就走，走出几步，突然回头："手机拍的照片不许外传！"

呀，他都知道了啊！真是的，这个家伙怎么这么厉害啊！林笑笑心里直犯嘀咕，可是嘴上还得老老实实地回答："知道了！"

看着罗亦走远的背影，林笑笑正大光明地扮个鬼脸，哼！小气鬼！

她低头看着手里的相机。哈哈！照片到手了！哗哗哗的钞票也要到手了！

哇哈哈哈……

罗亦
我想把花送给你呀
· I WANT TO SEND ·
· FLOWERS TO YOU ·

28

易诚，你居然敢骗林笑笑！

· I WANT TO SEND FLOWERS TO YOU ·

"给钱！"林笑笑"啪"的一声将手里的相机丢到社长面前，然后伸出手来，一副天生讨债鬼的模样。

"什么钱？啊——"社长最开始没反应过来，一脸呆滞地看着林笑笑，半天才醒悟过来，尖叫一声，害得林笑笑立刻收回手，将耳朵捂住了！

太恐怖了，这女人的尖叫真是可以媲美佛门狮子吼啊！

"你拍到照片了？你拍到罗亦的照片了？快给我！我要看！"社长兴奋得抓耳挠腮，不知道做些什么好，只记得要抢桌子上的相机了。

"钱呢？"林笑笑眼疾手快地将相机抢到自己的手里拿着，闲闲地看着快要抓狂的社长。

"让我先看一眼，如果真的是罗亦的照片，马上钱就给你！"社长垂涎三尺地看着林笑笑手里的相机，那个样子啊，跟林笑笑看到钱的样子有一拼。

"给！"林笑笑将手里的相机丢给社长，"看清楚哦，一共十张！"

"十张？"社长的音调立刻拔高了八度。

"怎么？嫌少？"林笑笑火大地瞪过去，有照片就不错了，知道林笑笑多难吗？居然还敢嫌少？

"怎么会呢？我是很惊讶啊，林笑笑，你真的有当长宁第一娱记的天赋啊！十张！别人想一张都不可能，你居然弄到了十张！发了！我们发了啊！"社长已经激动得语无伦次了！

"快看看照片，然后给钱！"林笑笑懒得啰唆，现在收到钱才是她最最关心的！

"好好好！"社长低头去看相机里的照片，不时有惊叹之声传入林笑笑的耳朵中。

"哇！天啊，这张好帅哦！这个眼神！迷死人了啊！"

"哇——"社长居然尖叫起来就没完了！

"够了！照片你也看了，奖金呢？"趁社长不注意，林笑笑一把抢过相机，不耐烦地催问。真是的，只顾着感叹了，不知道她等钱等得很心急吗？

再说了，这些照片哪有她手机里的好看啊，那专注的眼神，那表情，那纤长的手指，那才是真正的绝品呢！

"呀——照片！"社长一声惨叫，在看到林笑笑怒意滔天的眼神时，才明白过来，讪讪地傻笑，"奖金，你等会儿哦，我马上就给你！呃，那个照片能不能让我先看完？"说着她很可怜地看着林笑笑，眼睛眨巴眨巴的。

"钱来了，照片就给你！"林笑笑才没那么容易被打动呢，直接地拒绝！上次被她要了一把，这次说什么都要提高警惕了。

"易诚，给林笑笑拿张五千块支票来！"社长看到林笑笑坚决的表情，知道林笑笑是不见到钱就不肯交出照片，于是利落地拨通了电话，开口吩咐。

易诚？林笑笑耳尖地听到了这个熟悉的名字。

"易诚？"林笑笑带着几分好奇地看着社长，怎么会让他拿支票来呢？

"是啊，你不知道吗？他是我们社的财务主管啊，只要是钱方面的事，都要经过他的手啊！"社长的心神全部在林笑笑手里的相机上，随口回答林笑笑。

易诚？财务主管？

MMD！易诚他骗她！如果他是财务主管的话，那个袁江从他手里拿钱，他怎么会不知道？居然在她面前说不清楚！

林笑笑咬咬牙，如果真的如同她所猜想的，那么易诚你就死定了！

林笑笑脸上挂着笑，故意将手里的相机拿到社长面前晃了一下，然后很满意地看着社长的眼睛跟着相机转动，然后，林笑笑慢悠悠地开口："那上次袁江来拿钱，易诚也知道啦？"

"当然啊，他亲手给的钱嘛！后来也是他找袁江将钱要回来的！"社长随口回答。

嘿嘿，没想到这几张照片的魅力这么大，将社长迷得有点魂不守舍了啊！

再接再厉！

"那易诚是不是很能干啊？"林笑笑循循善诱地问社长，

希望能知道更多易诚的情况。

"当然啊，他是我们社里的骨干精英啊！要不是他，我们早就——呃，你问这个干吗？"

真是可惜啊，就差一点点，社长就要说出一个秘密了，她没事这么警惕干吗？林笑笑郁闷地在心里叹了一口气。

"没有啊，我随口问问的！"林笑笑无辜地眨巴着眼睛。

"你——咦，易诚，你来了啊，快将支票给林笑笑！她真的拍到了罗亦的照片了耶！"社长喜形于色，催促着易诚，一只手已经要过来拿相机了。

林笑笑轻巧地闪开社长的手，然后笑着将手伸到易诚的面前："易诚财务大主管，我的支票。"

易诚难得有一丝尴尬："呃，林笑笑……"

"支票！"林笑笑毫不客气地打断他的话。

易诚倒是爽快地将支票递给林笑笑，然后有一丝讨好地看着林笑笑："那个……林笑笑……上次的事情我不是故意……"他警惕地看着林笑笑，着急地解释。

林笑笑拿过支票，也不想跟他多费口舌，还有更重要事情等着她呢。

29

美好的奖金一人一半吧!

· I WANT TO SEND FLOWERS TO YOU ·

"我得意地笑,又得意地笑……"林笑笑嘴里哼着小曲,得意地走在校园的小路上,心情岂一个爽字了得啊!

林笑笑刚刚去银行将支票兑成了现金,一半立刻存进了自己的户头。

看着存折上的数字,林笑笑的眼睛笑得都快睁不开了!

哈哈,照着这个进度,在不久的将来,自己就会成为一个小富婆的!

荷包里装着剩下的一半,那是林笑笑答应过给罗亦的酬劳,虽然她爱钱如命,可是,同样是说话算话的人!不管怎么说,罗亦这次是帮了自己的大忙,要不是他的配合,怎么会这么容易赚到这五千块呢?只怕五百块都没指望啊!

那个什么来着?吃水不忘记挖井的人!她能拿到这五千块,罗亦的功劳大大的,怎么都不能亏待他啊!也许以后还有要求罗亦的时候呢!

所以林笑笑强忍着心里那么一点点的舍不得,当机立断地来找罗亦,免得时间拖久了,她反悔,将钱自己一个人独吞!

"学长——"老远就看到了罗亦的一个同学，很面熟，不过一时想不起叫什么名字。

不管这么多了，先打听一下罗亦在哪里才是重点。

"咦？是林笑笑学妹啊！怎么？来找罗亦吗？"学长回头，看到是林笑笑，一副心领神会的表情。

"是啊，罗亦学长在教室吗？"林笑笑一点也没有觉得不好意思，反而大大方方地承认了。

"他刚出去，好像是往小树林那边去了。"学长冲林笑笑挤挤眼睛，很有调侃的意思在里面。

"谢谢学长！"林笑笑当然明白他的意思了，不过只要知道罗亦的消息就好，急急忙忙地道谢后，她拔腿就往小树林那边奔去。

在小树林里穿梭了半天，林笑笑好不容易才在一个僻静的角落里找到了正安稳地坐在树上看书的罗亦。

林笑笑气喘吁吁地看着头顶上的罗亦，真是气不打一处来啊，找他找得腿都跑细了，他居然还没事人一样看着她！

"喂——"林笑笑瞪了半天，也没将罗亦从树上瞪下来，只好纡尊降贵地亲自爬到树上去找他了。

林笑笑手脚并用，以十分难看的姿势好不容易爬到了罗亦身边，十分不爽地开口了："看了你半天，你干吗不下去啊？"害她这么狼狈地爬了上来，一点淑女的样子都没有了。

"找我有事？"罗亦不为所动，轻描淡写地从书本中抬起头来。

破书！破书！能有她好看？居然只看书不看人！

"给你的！真是的，我是给你送钱来的耶，你好歹给人点笑脸好吧？板着一副冰块脸给谁看啊？"林笑笑嘟嘟囔囔，从荷包里掏出钱来，送到罗亦的面前。

"什么钱？"罗亦居然只冷冷地瞟了一眼那好歹不算薄的一沓钞票，然后用探询的眼神看向林笑笑。

"你笨死算了！忘记了？当初我要拍你照片的时候不是答应过你吗？只要你让我拍，我就分你一半啊？这是那照片的奖金！"林笑笑丢老大一个白眼过去。

"奖金？"罗亦的眉头微微地皱着，看着钞票，居然就像看着一堆废纸。

"是啊，两千五百块，你数一下！"说着林笑笑就要将钞票往他手里塞。真是郁闷，看到钱还这么有个性，问这么多！

"我不要！"罗亦皱着眉头推开林笑笑的手，那架势，活像她手里拿的不是钞票，而是炸弹一样！

太伤自尊了！难得她大发善心，从自己的碗里分一杯羹过去，居然还被人嫌弃？不活了！

"为什么？"怎么都要弄明白为什么被人嫌弃啊！难道世界上真的有视金钱如粪土的人吗？而且这个人恰好被她碰到了？

"不要就是不要！"罗亦冷冷地瞥了一眼钞票，似乎多看一眼都受不了，嫌恶地再度开口，"快点收起来！"

林笑笑错愕地看着罗亦，难道这世界上唯一一个清高的讨厌钱的家伙被她倒霉地碰到了？不过看着罗亦坚持的表情，她还是乖乖地将钱收了起来。

"呃——你讨厌钱？"林笑笑将钞票收到荷包里，再仔细地拍拍它们，心安地抬头问罗亦。

"那是你应得的，和我没关系！"罗亦淡淡地回林笑笑一句，然后继续埋头看书，似乎书比钞票好看多了！

真是没见过这么死脑筋的人！林笑笑在心里暗暗地嘀咕。

不过自己好像可以占个大大的便宜耶！罗亦如果不要这份钱，那么它们就都是她的了！林笑笑几乎要笑得流口水了！

不过，林笑笑扭头看看低头看书的罗亦，心底一个声音响起：如果不是罗亦的配合，自己哪里能拿到奖金呢？人家说不要，就真的不给吗？那自己不就真成了见利忘义过河拆桥的小人了？绝对不可以！

捧着脑袋的林笑笑郁闷了半天，终于下定了决心，飞快地将荷包里的钱拿了出来："这个是你应得的！我说过的话，一定要算数！"说着就要塞到罗亦的口袋里。

罗亦飞快地躲开了，然后抓住林笑笑的手，淡淡地，但是不容置疑地直视林笑笑的眼睛："我不需要！"

"可是——"林笑笑还是有些犹疑。

"我说了，不要！"罗亦的语气变得有些阴冷。

好吧好吧，不要就不要！干吗脸黑得跟锅底一样啊！

林笑笑吐吐舌头，将钱收回，不过心里打定了主意，不管如何，都要将这笔钱花到罗亦身上，这样，好歹不会觉得欠了他太多的人情!

心中做好了决定,林笑笑抬头,笑眯眯地开口:"那么,我请你吃饭,应该不会再拒绝了吧?"

"吃饭?"罗亦的眸子有丝光亮闪过,眼神深浅难测。

看着他犹豫的表情,林笑笑立刻飞快地补上一句:"是啊,就这么决定了啊,下午我下课后我来找你!"说着,她飞快地溜下树,也顾不得姿势狼狈,拔腿就跑,免得罗亦又开口拒绝,那多没面子啊!

罗亦

我想把花送给你呀

· I WANT TO SEND ·

· FLOWERS TO YOU ·

·30·
传说中的"凯撒大酒店"

一放学，林笑笑就早早地等在了建筑系下课的路口，摆出一副守株待兔的架势，等着罗亦那只兔子乖乖送上门来。

"林笑笑，等罗亦下课啊？"

早就跟林笑笑混熟了的学长学姐们，一个个挂着暧昧的笑容，冲着等在楼口的林笑笑打招呼。

"是啊。"林笑笑大大咧咧地回答。本来就是啊，她等他下课，一起去吃饭啊！今天他是客人，她是主人，她当然要来接他啊！

"哈哈……"听到林笑笑的回答的学长学姐，都露出了然的笑容，然后都用怪怪的眼神，先打量一下林笑笑，再回头打量一下罗亦，最后，都捂着嘴，笑得贼眉鼠眼地离开了。

林笑笑心里泛起一种怪怪的感觉，总觉得有什么地方不对劲，不过，在看到罗亦的身影后，她立刻将这个感觉抛到脑后，挂上甜甜的笑容几步跳了过去："今天晚上想吃什么？"

罗亦眉头一皱，嘴角轻轻地抿着，一副拿她没办法的样子："你想吃什么？"

"今天我请客，你是客人，你点好了！放心，我今天带的钱够你吃了！"林笑笑拍着胸脯保证，废话！身上有两千五百块耶，她从来没有这么奢侈过！

"听说凯撒大酒店的菜不错，我们就去那里吧！"罗亦一本正经地开口。

凯撒大酒店？她没听错吧？那个号称最最奢侈，最最浪费，一顿饭要吃掉好几千好几万甚至好几十万的酒店？那个进去了不脱一层皮，你就休想出来的酒店？那个据说是有钱人的集中地的酒店？那个号称达到六星级的酒店？

自己没听错吧？林笑笑震惊地掏掏自己的耳朵，顺便看向罗亦的眼睛，要分辨这个家伙说的是真的还是假的！

"走啊，怎么了？"罗亦居然走在林笑笑的前面，看着他那架势，不会真的要黑她一笔，宰她一刀吧？

林笑笑欲哭无泪地跟在后面，恨不得抽自己一耳光，你傻呀林笑笑！没事充什么有钱人啊？现在好了，被当成砧板上的肉一刀刀地割了！

趁着罗亦不注意，林笑笑打开钱包，里面除了本来要给罗亦的酬劳外，就只有几张零星散钞了！

一会儿如果钱不够付，不知道那么大的酒店允不允许自己洗碗来偿还欠下的钱啊？想到这里，林笑笑就腿脚发软。

"怎么还不走？磨磨蹭蹭在干吗呢？"走出老远的罗亦回头带着几分不耐烦地问。

林笑笑哭丧着脸，一步一步地挪了过去，废话！她现在死的心都有，哪里还有力气走路啊？

"怎么？舍不得吗？"罗亦看着林笑笑的脸色，突然来了一句。

"哪有！怎么可能！"林笑笑立刻条件反射地反驳。不管怎么说，今天砸锅卖铁，就是要她卖血、卖身，呃，当然是出卖体力或者脑力啊！她都豁出去了！

"真的？"罗亦的目不转睛地盯着林笑笑的脸。

林笑笑心虚无比，但表面上还是将胸脯拍得震天响："当然，我说话算话！"

"那就快走吧！"罗亦仔细看了看林笑笑的脸色，然后掉头走在前面带路。

林笑笑悄悄地擦了一把冷汗，好险好险！刚才差点就被他看出自己心虚了！不对啊？我干吗要心虚啊？

林笑笑后知后觉地才想到这个问题！

真是奇怪！林笑笑一边感叹自己莫名其妙的心理，一边跟着罗亦的脚步。看着他的背影，林笑笑不禁咬牙切齿，死罗亦！最黑的就是他了！真是没看出来啊，说不要报酬，表现得高风亮节，视金钱如粪土，结果呢？一顿饭估计要吃掉她所有的奖金啊！原来他图谋得更多啊！亏她还内疚呢！

哼！这个闷亏，她是吃定了，不过，罗亦，咱们走着瞧！

林笑笑跺跺脚，跑几步赶了上去！

"你说的就是这家凯撒大酒店？"林笑笑可以在罗亦的瞳孔中看到自己目瞪口呆、瞠目结舌的样子，不过也顾不上了，谁让眼前的一切让她那么吃惊呢？

凯撒大酒店！传说中的超超超豪华的酒店耶！怎么可能是林笑笑眼前看到的这个不起眼的大排档呢？看它那牌子，被油烟熏得乌七抹黑的，招牌上的油漆也脱落了不少，居然也敢叫"凯撒大酒店"？

林笑笑不得不佩服这家酒店主人的自欺欺人！

不过，难道罗亦今天要让自己在这里请他吃饭？林笑笑狐疑的眼神看向罗亦："你确定是这家？"

最好是这家，看情况就知道价格不会太贵啦！而且怎么说，名字也是凯撒大酒店，跟别人说起来，不知道的人还真以为她请罗亦去奢侈了一把呢！

"怎么？难道你不想在这家？或者我们现在去那一家也还来得及哦！"罗亦似笑非笑地看着林笑笑，犀利的眼神，估计早就看穿了林笑笑心里的小九九。

"当然不是！我觉得这家就很好啦！就这家！"废话！她又不是白痴，这么明显的区别不会分辨吗？

林笑笑当机立断拉起罗亦的手，直接奔了进去。

没想到这么一家小小的大排档，居然生意好得不得了，他们好不容易才找到空位。顾不得许多，林笑笑一屁股坐了下来，这下，罗亦怎么都不好意思反悔了吧！

哈哈哈！林笑笑心里暗暗地大笑三声，然后开始点菜！

罗亦抢过菜谱，丢给林笑笑一记你安分点的眼神："今天你请客，我点菜！"

呃，林笑笑有些好奇地看着罗亦，什么时候他也这么不讲风度了啊？哪有跟女生抢着点菜的人啊？真是人不可貌相啊！

不过，想到自己的荷包今天不会大出血，林笑笑的心情超级好，所以大人有大量地挥挥手："没问题，随便点吧！"随便你怎么点，我就不信你能吃光林笑笑荷包里的钱！

就看到罗亦拿着菜谱跟服务生指指点点了半天，然后服务生一直点头点头再点头，笔在纸上刷刷地写个不停，林笑笑心里又泛起了嘀咕：奇怪？点个菜而已，这么神秘啊？都不知道他们点的什么菜呢！不会这个不起眼的小排档是家黑店，菜价高得可以吓死人吧？

看着罗亦和服务生那眉来眼去的架势，林笑笑越发肯定心里的猜测，尤其是服务生在罗亦点好菜以后，立刻收走了菜谱，而且走之前，还意味深长地看了林笑笑一眼！这更让林笑笑的警惕心提到了最高点。

"你点的什么啊？"不行，她一定要问清楚，就是被宰死，也要死个明白啊！

"到时候你就知道了！"罗亦淡淡地瞟了林笑笑一眼。

"那——这家的价格怎么样？"林笑笑锲而不舍，问不到要吃什么菜，林笑笑问问要花多少钱总可以了吧？

"你掏钱的时候就知道了！"该死的罗亦，居然一点口风都不透。

林笑笑看着他云淡风轻的样子，恨得牙齿直痒痒啊！要是可以，她真想冲过去，狠狠地咬他一口，以泄心头之恨啊！

不得不承认，这家大排档上菜的速度真是一流啊，林笑笑还没来得及想好怎么从罗亦口里套出这家店是不是黑店，菜居然就流水似的上桌了。

远远地就闻到一股诱人的香味，勾得林笑笑肚子里的馋虫一下子就跳了出来，口水滴滴答答地就快要流出来了。

首先上桌子的是一道林笑笑不认识的青菜，碧绿碧绿的，看着就食欲大开啊，迫不及待地夹了一筷子，放入口中，清香嫩滑，爽口得不得了！

捡到宝了啊！没想到这家菜的味道这么棒啊！林笑笑简直要米自己的舌头都吞下去了！

不管了，这么好吃的菜，就算是家黑店，她也认了！

顾不上再追究罗亦的隐瞒行为，林笑笑头也不抬，只顾着埋头大吃了！心里只有一个念头，我吃！我吃！我吃吃吃！

抱着一杯香浓的普洱茶，林笑笑摸摸自己滚圆的肚子，心满意足地叹了一口气，人生若如此，夫复何求啊！

"吃得满意吗？"罗亦眼睛微微地眯起，隐隐有一丝笑意在里面。

"满意！太满意了！罗亦！你太过分了啊，这么好的地方，居然今天才带我来，真是不够意思啊！"林笑笑一边摸着自己的肚子，一边指责罗亦。

罗亦的回答是直接无视林笑笑，挥挥手，示意结账。

完了！重头戏来了！今天晚上的高潮！所有的一切的焦点，她的一切猜测，马上就要结束了！

林笑笑立刻来了精神，收腹挺胸，严阵以待地看着服务生拿着菜单过来！

"你好，一共八十七块！"服务生一边报着价格，一边将菜单递给林笑笑！

"什么？八十七块？"林笑笑差点没从椅子上蹦起来！

林笑笑哆嗦地指着桌子上的残羹冷炙，点了那么多菜，吃的她肚子浑圆，居然只要八十七块？她莫非是耳朵出了问题？

"是的，八十七块！"服务生肯定地点点头。

赚死了赚死了！今天真的是赚死了！

这么好吃的菜，分量这么足，居然价格便宜得让人疯狂啊！

既然价格这么便宜，林笑笑十分爽快地掏钱结账，在看到罗亦满是笑意的眼神时，才恍然大悟。这个家伙，摆明了是看穿了她的想法，所以才故意做出那些动作，来让她担心，让她胡思乱想，真是太坏了！

林笑笑没好气地白罗亦一眼，不过心里倒开始思考下一个重要问题了，奖金有那么多，如果只请罗亦吃一顿饭，而且还是这么便宜的饭，而且一大半都被她抢着吃光了，即使厚脸皮如她，也觉得过意不去啊！

怎么办？怎么才能让自己那难得泛滥一回的良心平静一点呢？林笑笑的眼光无意识地掠过手腕上的表，时间指向八点，还这么早，不如，去给罗亦挑份礼物好了！这样，就不会良心不安了，他应该也不会拒绝吧？

林笑笑偷偷地用眼神瞟一眼低头喝茶的罗亦，就这么决定了！她林笑笑买的礼物，罗亦收也得收，不收也得收！

打定了主意，林笑笑一拍桌子："我们去逛街吧！"

"逛街？"罗亦难得也有瞠目结舌的时候，他看林笑笑的表情就跟看火星人一样。

"当然啊，我吃了这么多，不运动一下，怎么消化？不消化就要长胖——"林笑笑滔滔不绝地陈述着她的观点。

"好了，我们去逛街，可以了吧！"罗亦无奈地举手示意暂停，他认输投降！

31

我想送给你的礼物

· I WANT TO SEND FLOWERS TO YOU ·

夜晚的都市，灯火通明，霓虹闪耀，车流如织，远远近近的灯光，汇流成河，仿佛天上的银河倒映入人间一般。

拖着罗亦走在步行街上，享受着清风微微拂面的感觉，还有路上行人投来的或者羡慕或者嫉妒的眼神，心情岂止一个"爽"字了得啊！

她扭头看着身边的罗亦，也许是夜色的关系，也许是心情不错的关系，平日里总是冷冰冰的跟千年冰山一样的面孔，今天居然柔和了不少，嘴角一直弯成一抹弧度，眼神也轻松惬意。

"要买什么？"罗亦跟着林笑笑在步行街钻来窜去了半个小时后，终于忍不住开口了。

哈哈！看来罗亦的定力也是很有限的嘛！林笑笑在心里小小地得意一把。

"跟着我就好！"林笑笑也有样学样，学罗亦刚才摆她一道的架势，酷酷地丢出一句话，然后故意地踏出几大步。

"你跑到这里买什么？"罗亦的表情只能用无奈，啼笑皆非和不可思议来形容了。

因为林笑笑，现在正拉着他，站在一家 DIY 首饰店里，一进到店里，所有人的目光就都集中在了罗亦的身上，尤其是女生，个个眼睛冒绿光啊，要不是看着他身边还有个林笑笑，估计直接扑上来的人都有啊。

　　"买首饰啊！要不然你以为我来买大白菜吗？"林笑笑没好气地白罗亦一眼，然后低头开始搜寻今天的目标，眼角的余光看到罗亦的脚动了一下，似乎有往外面溜的嫌疑，于是她不慌不忙地开口，"不许走！否则我将手机里的你那几张照片公开哦！"

　　在林笑笑的威胁下，罗亦不情不愿地停下了将要迈出的脚步，一脸不耐烦加冷酷的表情出现在了脸上，眼神里透出很明显的不爽。

　　一大堆琳琅满目的首饰，有纯银的，有玫瑰金的，有琥珀，有珊瑚，还有水钻和水晶，在灯光的照射下，熠熠发光，看得林笑笑眼花缭乱，恨不得每一个都拿过来摸一摸看一看才好。

　　突然，林笑笑的眼神被静静地躺在角落里的一对猫眼石耳钉牢牢地攫住，再也移不开了。

　　那是一对蜜黄色的猫眼石，在灯光的映衬下，里面的光带，一时张开，一时合上，真的就像猫的眼睛一会儿张开，一会儿闭合的样子。猫眼石下面是细细的，铸成花蕊一样的铂金托座，整个造型，简单优雅别致。

　　"罗亦，快过来看看这个！"林笑笑伸手招呼站在门口的罗亦。

罗亦不情不愿地挪了过来，随便地瞟了一眼："不错。"然后就别过头去。

"喂，你这个态度很让人不爽耶！"林笑笑狠狠地一把掐了过去，死罗亦，我这么辛苦是为了谁啊？是给你挑礼物耶！你居然还拽得跟什么似的！搞什么啊！

罗亦的眉头一皱，低头冷冷地扫了林笑笑一眼。林笑笑不甘示弱地瞪了过去，终于，他败下阵来，稍微有点耐心地又看了一眼那对耳钉，半天才开口："你戴吗？和你的气质不搭！"说着，他眼神里的揶揄，还有淡淡的嘲讽，毫无隐藏地表露了出来，生怕林笑笑看不出来似的！

怒！这个臭罗亦！我知道自己气质跟这个不搭啦！可是也不用这么坦白地说出来吧！太让人没面子了嘛！

林笑笑恶狠狠地瞪罗亦一眼后，嘴角绽开一个大大的笑容："谁说是给我买的啊。"说着，她别有用意地往他耳朵多看了两眼。

罗亦不愧跟她斗法这么久，十分了解她，他一步退开，然后警惕地看着她："你想干吗？"

"嘿嘿……"林笑笑笑得连自己身上的鸡皮疙瘩都出来了，龇牙咧嘴的，跟狼外婆一样。她慈祥地冲着罗亦招手，示意他过来，"当然是给你买啊，这么漂亮的耳钉，当然是有气质的你戴，才会相得益彰嘛！"

哼！既然敢说我没气质，那么就让有气质的你来受罪吧！林笑笑心底里冷哼，得罪我的人，都不会有好下场！

"不要！"罗亦干脆地丢出两个字来拒绝了。

不要？我第一次这么大方地要送礼物耶！居然这么没面子地被拒绝了？

怒了！

林笑笑在心里暗暗地下定了决心，脸上挤出泫然欲泣的表情，配合着眼眶里隐隐打转的泪花："可是，这是我想送给你的礼物啊！"

看到罗亦的脸上闪过一丝犹豫，林笑笑立刻加把劲："我就是特别特别想送一份礼物给你，表达一下我的心意，难道，你连这个都不接受吗？"委屈的表情，加上自怨的口气，我就不信你罗亦还能板着脸拒绝！

果然，罗亦无奈地摇摇头，口气缓和了许多，仍然不忘记垂死挣扎一番："我耳朵没耳洞，买了也不能戴啊！"

嘿嘿，这个理由能成立吗？当然不能！

林笑笑扭头问在一边垂涎罗亦的美色、口水已经流出来三尺长的女老板："老板？你们这里可以穿耳洞吗？"

"啊？呃——当然！当然可以！而且免费哦！"回过神来的女老板立刻回答。

林笑笑瞟了一眼脸都黑了一半的罗亦，表情雀跃："那太好了，给他打一对耳洞好吗？"

林笑笑指指估计在心底将她凌迟了无数遍的罗亦。

"好的，没问题！帅哥——呃，这边请！"女老板兴奋不已地拉着罗亦进入了里间。

不到五分钟，就看到罗亦黑着一张脸，满脸乌云地走了出来，后面跟着满眼爱慕欣赏的女老板。

"让我看看！"林笑笑好奇地凑了上去，检查罗亦的耳朵。

咦？奇怪，怎么只打了一个耳洞呢？耳钉都是买一对，一个耳洞怎么让他戴啊？林笑笑将狐疑的眼神投向女老板："怎么只有一个耳洞啊？"

女老板在林笑笑责怪的眼神下，有些怯懦地开口："这位帅哥只同意打一个耳洞，所以……所以……"

"为什么啊？那是一对耶！"林笑笑用下巴指指那对耳钉，真是的！难道他想戴一只，看一只吗？

罗亦冷冷的眼神看了过来，很明确地传达一个消息，要么就这么一个耳洞，要么就拉倒，大家一拍两散。

好吧好吧！反正只要他肯戴，管他戴一只还是两只呢？送他一对耳钉，他爱怎么戴是他的事了！

林笑笑十分识相地扭头冲着女老板："我要那对猫眼的耳钉，麻烦给我拿过来好吗？"

女老板点点头，小心翼翼地将耳钉取了出来，摆在林笑笑跟罗亦的面前。林笑笑伸手取过一只，像模像样地对着灯光画了一下，然后示意罗亦靠近点，给他戴上试试。

罗亦略微犹豫了一下，但还是偏了偏脑袋，将耳朵凑过来，林笑笑看着他的耳朵，啧啧，女老板下手好狠啊，整个耳朵都红了，估计很疼吧？

林笑笑同情地看了罗亦一眼，小心翼翼地将耳钉戴在了罗亦的耳朵上，然后退开一步，欣赏。

在灯光的折射下，猫眼石一边泛着乳白色的光芒，一边泛着黄色的光晕，罗亦冷漠的脸，因为两道光晕，居然有了一丝邪魅的味道，整个人上上下下增添了一种说不来的感觉，让人移不开视线。

林笑笑不得不惊叹顺便自得一下自己的眼光，果然和罗亦很搭配啊！尤其是只有一只耳朵戴着耳钉，显得个性十足！

林笑笑满心满眼都是罗亦新的形象和气质，连女老板在一旁嘀嘀咕咕地说了些什么也没注意听，半天才想起很重要的一件事情："老板，这个可以单卖吗？"如果可以单卖的话，又可以省一笔钱了！

"不好意思啊，我们这个不单卖的，不过今天我们店做回馈顾客活动，可以给你们打八折哦！"女老板的眼神一直往罗亦的耳朵上瞟。林笑笑小心眼地猜想，估计看在罗亦这么帅的份上，老板才说给我们打折的吧？

不过有便宜不占那是笨蛋！所以林笑笑很爽快地掏钱付账，然后将另一只耳环让老板包起来。

等包装的空隙，林笑笑偷偷地凑到罗亦的耳朵边小声地询问："我的眼光怎么样？不错吧？"

罗亦从鼻子里轻轻地哼了一声，算是勉强同意林笑笑的话了。

"你喜欢不喜欢？"看着罗亦戴上耳环后似乎心情还好，林笑笑得寸进尺地继续问。

"嗯。"罗亦简单地点点头，表示他还算是比较满意这个礼物的。

"呵呵……那就好，那我就放心了！"林笑笑突然有种如释重负的感觉，现在才明白，原来在给他选礼物的时候，自己的心居然一直都提着的，担心他不喜欢，担心选不到合适的礼物，现在选到了，他也喜欢，她的心终于可以安稳地躺回到肚子里了。

而且，在看到他耳朵上的耳钉的时候，心中有种说不出的甜丝丝的感觉。

听到林笑笑的话，他的眼神柔和了下来，整张脸看上去也没那么僵硬了，映衬着猫眼石的光芒，气质顿时变得高贵而优雅起来。

林笑笑目瞪口呆地看着他，天啊！真不愧是猫眼石耶，神秘莫测，连带人的气质都可以改变！

也许是林笑笑目瞪口呆的花痴模样取悦了罗亦，他伸手过来，揉揉她的头发，用今天第一次的温和口吻说："谢谢你的礼物！"

"嘿嘿……不客气！不客气！"林笑笑连忙摇手，这本来都是要分给罗亦的奖金，自己脸皮再厚，也不能大大咧咧地接受人家的道谢啊！

"过几天就是校庆了吧？"罗亦突然天外飞仙地来了一句。

虽然林笑笑不明白他问这个什么意思，不过还是老实地回答："是啊，问这个干吗？"难道他想戴着这个到校庆的时候去秀吗？

"到那天你就知道了！"

罗亦脸上露出一个神秘的微笑，脸庞在猫眼石的光晕下，居然有了几分慵懒的味道。

"啥？"林笑笑无语地看着他，真是过分啊！这不是明显地勾起她的好奇心吗？这不是明显地要她晚上睡不着觉吗？

"这是另一只耳钉，请收好！欢迎下次光临！"女老板包装好耳钉，递到罗亦的手中。

"走吧！"罗亦将耳钉盒子随手塞进衣兜里，率先走了出去，自然又赢得了一片爱慕的目光。

"喂——别走啊，告诉我啊！那天到底会怎么样啊？"林笑笑回过神来，三步并作两步，赶了上去。

"那天你自然就会知道了！"

罗亦你没事口风这么紧干吗啊？你这不是存心让我朝思暮想那一天的到来吗？

"先告诉我啦！"林笑笑拉下面子，苦苦哀求。

"不告诉你！"这个世界居然还有人可以拽成这个样子，而她居然拿他没办法！

林笑笑气呼呼地瞪着他的背影，终于还是忍不住再度追了上去："罗亦，你到底是说还是不说啊——"

32

罗亦要在校庆表演？！
· I WANT TO SEND FLOWERS TO YOU ·

该死的罗亦！讨厌的罗亦！可以去下地狱的罗亦！

那天不管林笑笑怎么威逼利诱，只差没使出一哭二闹三上吊来了，可是都没有打动罗亦的心，他硬是一个字都没有吐露！

害得她抓耳挠腮，成天什么事情都不去想，就想着校庆那天他究竟会做出什么样的事情来。

郁闷啊！

现在离校庆还有五天耶！一天二十四个小时，一个小时六十分钟，一分钟六十秒，算起来，还有八万六千四百秒啊！天啊，她现在是度秒如年，她还要度过八万六千四百年啊！

不活了啊！

林笑笑眼珠子一动不动地盯着手腕上的手表，看着秒针一点一点地移动着，如果可以，她恨不得伸手去帮秒钟快点移动就好！

"林笑笑，你在这儿发什么呆呢？怎么成天没事就盯着你的手腕看啊？难道你手腕上长出花来了？"不用回头，就知道是喻静那损友。

"你知道什么啊？我这是盯着手表在看呢，我在哀叹岁月流逝，时光无情，转眼我们都老了啊！"林笑笑半真不假地顺着喻静的话调侃。

"哟！我看看，真的耶！林笑笑啊，你白头发都出来了啊，真是岁月不饶人啊！"喻静故作惊讶地用手扯过林笑笑的头发惊叹！

"去死！"林笑笑一飞脚踹过去，我正风华正茂，什么白头发啊！

"好啦，不要没精打采的了，过几天就是校庆了哦！"喻静真是哪壶不开提哪壶啊！不知道林笑笑现在这样情绪低沉就是校庆闹的吗？

"那又怎么样？"校庆关我什么事情啊？不过校庆上罗亦要做什么才真的关林笑笑的事情。

罗亦那家伙绝对不是个空口说白话的人，他说那天会发生什么，就一定会发生什么的！

"你真的不关心吗？"

喻静为什么笑得那么诡异啊？难道有什么我不知道的事情？

"关心什么啊？"林笑笑的好奇心被提起一点点。

"你真不知道啊？现在全校传得沸沸扬扬耶，罗亦要在今年的校庆上表演哦！"喻静丢下一枚大炸弹，炸得林笑笑晕头转向！

罗亦要登台表演？

罗亦？表演？林笑笑的脑子半天才消化了这个消息！

"你开玩笑吧？"林笑笑咽咽口水，罗亦怎么会参加晚会？而且还要上台表演？

莫非是世界末日来临了？

再说了，真是丢人啊！我林笑笑可是堂堂八卦社的记者耶！这么轰动的消息居然要喻静来告诉我！真是太丢人了！真是太没面子了！

"拜托！这样的事情谁会开玩笑啊？不信你出去随便拉一个人问问，保证都跟我说的一样！"喻静白了林笑笑一眼，顺便再狠狠地打击她一下，"我说林笑笑啊，你可是八卦社的记者耶，怎么现在你连这么轰动的消息都不知道啊？你混什么的啊？"

怒！居然鄙视我！不过好像的确是自己失职了！

林笑笑心里有点小小的自责，恼羞成怒地一脚飞踹过去："你管我混什么啊！知道罗亦要表演什么节目吗？"后面一句是她不耻下问。

"不知道，这个好像保密吧！"喻静驾轻就熟地闪开林笑笑的飞踹，还挤了挤眼睛，"要不，你去问一下易诚？他不是八卦社的吗？他应该比你尽职吧？"

死丫头！不调侃一下我就不舒服是吧！非要这么偶尔地刺激一下我的自尊才开心吗？！不过喻静的这个建议不错哦，心动不如行动！

林笑笑飞快地起身，打算去抓住易诚问个清楚。

"喂——你干吗去啊？"喻静被林笑笑腾地起身的姿势吓了一跳。

"听从你的建议，去找易诚问清楚啊！"随口丢下一句话，林笑笑已经跑出了老远。

奇怪！真是奇怪！

易诚这个家伙是不是知道我要来找他啊？怎么跑得无影无踪了？

林笑笑找遍了八卦社还有学校的每一寸土地，都没找到易诚！难道易诚这个家伙挖了个地洞，去和老鼠做伴去了？

林笑笑郁闷地叹了口气，看来今天易诚这个家伙是打定主意不让自己找到他了，算了！找不到就找不到，有什么了不起的，不就是还有四天嘛，等着就是了！

罗亦
我想把花送给你呀
· I WANT TO SEND ·
· FLOWERS TO YOU ·

33

盛大的校庆日

· I WANT TO SEND FLOWERS TO YOU ·

校庆这天，学校里是张灯结彩，到处挂满了红灯笼啊，喜庆的不得了！

校园内人群穿梭，每个人的脸上都挂着笑容，礼堂外面的电视墙播放着学校庆典的视频，广播里声音甜美的播音员播报着那些功成名就的老学长发回来的贺词。

路上还时不时地可以碰到一些衣着不凡，神情悠然的老学子，三五成群地在校园里闲逛，感叹时光飞逝！

学校领导的脸都快笑烂了，一个个守在学校门口，迎来送往，欢迎各位学子回校参加庆典，到处洋溢着热闹喧嚣的气氛。

林笑笑郁闷地拉着喻静躲在偏僻的树林里，看着外面人群如织。

喻静不由得感叹："看来长宁还真是牛啊！看看那个，那可是大名鼎鼎的法律节目主持人耶！他也是长宁毕业的啊！"

"真是少见多怪啊！长宁这种专门出牛人的地方，你不知道吗？人家都说，只要考进了长宁，那将来肯定是前途无量的！所以，你看那边，那个'地中海'，是寰宇集团的总经理，旁边那个妖艳的女强人，是亚华的董事，还有那个，那个穿得跟斑马一样的家伙，他可是娱乐界大腕啊！"林笑笑鄙视地扫一眼喻静，指着外面的那些人给她扫盲。

"我说怎么这么大的动静呢？原来来的都是这么有名的人啊？怪不得校长他们站在那里半天了，一个个不仅不嫌累，脸笑得还跟朵花似的！"喻静撇撇嘴。

"废话，听说今天教育部的某位领导也要回母校参加校庆呢，还有，好像市里的领导也会来吧，场面能不隆重吗？气氛能不热闹吗？"林笑笑狠狠地咬一口手里的苹果，含混不清地回应喻静的话。

"咦？那晚上的晚会不是很精彩？"喻静眼睛一亮。

晚会！晚会！听到这两个字，林笑笑的心就开始怦怦怦地不受自己控制地狂跳起来，该死的罗亦，他到底想要做什么啊？害得自己从昨天晚上起就没睡好，翻来覆去了一个晚上，今天早上起来，心就提得老高。

"应该是吧。不过那些领导肯定不会留下来，但是别的老学长们就不一定了，据说还有某著名歌星要上台献歌呢！"林笑笑心不在焉地回答。

"某著名歌星？谁啊？"喻静一头雾水。

"你笨死算了！从我们长宁出去的歌星，著名的能有几个啊？不就一个吗？除了他还能有谁啊？"她真是败给喻静了，这么简单的推理都不会！

"你是说他？那个没事眼睛里都水汪汪的，夏天看你一眼，浑身都要打冷战，功能简直可以代替空调的那位？"喻静一声惊呼。

"恭喜你，答对了！"林笑笑没精打采地点点头。

"杀了我吧！今天的晚会我还是不要参加了，听他的歌，我会少活几年的！"喻静立刻打起了退堂鼓。

"不要做梦了，学校早就发下了通知，人人都要去参加晚会！否则，记大过啊！"林笑笑懒懒地打消喻静的念头。

"是谁这么狠啊，这不是逼我走上绝路吗？"喻静仰天长啸。

"去死吧你！"林笑笑哭笑不得地推喻静一把，什么时候这个家伙这么会耍宝了啊？

林笑笑和喻静打打闹闹疯疯癫癫地玩到了晚上。

夜色弥漫，林笑笑看看手腕上的表，已经快八点了。不能再逗留了，再拖延的话，赶不上晚会，她们会被班主任骂得狗血淋头的！

林笑笑拉着不情不愿、垂死挣扎的喻静三步两步地赶到了礼堂，里面已经人头济济，热闹得不行了！舞台上大幕合得严严实实的，看不清楚后面的背景。下面已经坐满了同学，只有前面几排留给了学校的领导和老学长们。

林笑笑和喻静拣了个没人注意的位置坐下，喻静开始抱怨："林笑笑啊，我饿了！"

"猪啊你！刚吃了东西的，现在就饿了？"林笑笑嘴里这么说，还是丢给喻静一袋薯片，看着她接过去，躲在一边吱吱呀呀地啃。

她心里敲起了小鼓，晚会马上就要开始了，罗亦的节目是安排在中间的，不知道他到底要表演什么啊？不过她的直觉告诉她，肯定和她有关系！让她一直担心的是，到底和她有什么关系啊？

看罗亦那家伙，也不是个会这么吊人胃口的人啊，难道他吃错药了吗？郁闷啊！苦恼啊！心烦啊！

满怀心思的林笑笑也抓过一袋薯片，配合喻静吱吱呀呀地啃了起来。

好不容易等到了晚会开始，先是俗气的领导致辞，接着是讲话，然后是剪彩，折腾了足足一个小时，节目才正式开演。

林笑笑的心思随着罗亦节目的临近，越来越紧张，台上表演的什么，她一点都没看进去，耳朵里只听到了不绝于耳的掌声、笑声、欢呼声。

· 34 ·

林笑笑落荒而逃

· I WANT TO SEND FLOWERS TO YOU ·

终于，终于，终于熬到了那个林笑笑盼望已久的时刻，主持人嘴里吐出了让林笑笑心一下子提到嗓子眼的话："现在，让我们欢迎建筑系的罗亦同学为我们演唱《小手拉大手》，大家欢迎！"

等了这么多天的好戏终于要开演了，林笑笑下意识地坐正了身体，瞟了一眼身边的喻静，她正歪在椅子上，睡得香香甜甜的。

热烈的掌声响起，礼堂里有一阵骚动，毕竟，罗亦要唱情歌，这种百年难得一见的事情，让所有的人都精神一振，甚至已经有人在窃窃私语了。

舞台上的灯光突然全部熄掉，所有的人眼前一黑，大家还没反应过来，舞台中央，一束柔和的灯光打在一个挺拔的身影上，那是罗亦！

一身黑衣的他，显得清俊英挺，随着音乐前奏地响起，罗亦缓缓抬起了头，在灯光地照耀下，左耳的那只猫眼石耳钉随着罗亦的动作，闪烁着神秘的光芒，整个人在灯光、衣服、耳

罗亦，我想把花送给你呀

/
208
/

钉的衬托下，显得神秘莫测！

一阵短短的空白后，全场响起惊天动地的掌声，伴随着女生此起彼伏的尖叫声，从来没有见识过罗亦还有这么神秘风情的一面的女生们几乎要疯狂了。

每个人脸上都显现出了狂热，迷恋，还有震惊。

呼呼大睡的喻静被山呼海啸般的掌声吓醒了，一个激灵坐了起来，迷迷糊糊地拉着林笑笑："怎么了？发生地震了吗？还是散场了？"

林笑笑心潮澎湃，极力按压住自己心中莫名的悸动，淡淡地开口："都不是，是罗亦上场了！"

"罗亦？表演？"喻静重复了一下林笑笑的话，半天才回过神来，随后立刻来了精神，两眼睛冒出光来，腾地站了起来，看向舞台的中央。

"乖乖，我的天啦！罗亦居然还有这样的一面啊！帅啊！实在是帅啊！简直帅到天地失色日月无光飞沙走石啊！如此帅哥，人间哪得几回见啊？"喻静一个劲地夸奖，还不忘记低头冲林笑笑感慨，"林笑笑啊，以前怎么没发现啊，对了，什么时候罗亦也戴耳钉了啊？真是漂亮耶，配合他的气质啊！比易诚那家伙戴起来好看多了！"

林笑笑张张口，刚要说话，罗亦柔和的声音响起：

还记得那场音乐会的烟火

还记得那个凉凉的深秋

还记得人潮把你推向了我

游乐园拥挤得正是时候

一个夜晚坚持不睡的等候

一起泡温泉奢侈的享受

有一次日记里愚蠢的困惑

因为你的微笑幻化成风

你大大的勇敢保护着我

我小小的关怀喋喋不休

感谢我们一起走了那么久

又再一起回到凉凉深秋

给你我的手

像温柔野兽

把自由交给草原的辽阔

我们小手拉大手

一起交游

今天别想太多

你是我的梦

像北方的风

却正能帮我悠扬的哀愁

今天加油向昨天挥挥手

又一起回到凉凉深秋

我们一直就这样向前走

却正南方暖洋洋的哀愁

……

这……这……这……是罗亦的声音吗？平日里冷漠的音调听习惯了，突然这么柔和得如同天籁，林笑笑简直不敢相信自己的耳朵！原来罗亦还有这么一手啊！真是没看出来啊，这个家伙，到底身上还隐藏着多少秘密啊？

一曲歌毕，下面掌声雷动，女生尖叫不已，都被罗亦的歌声打动了。

林笑笑也不例外，连喻静喊了她好几声，她都没有听到，直到喻静不耐烦地碰了下她的胳膊："林笑笑，你发什么呆呢？莫非你也被罗亦迷住了？"

林笑笑突然有种被别人窥探了心思的尴尬，于是强作镇定地开口："胡说什么呢？"说着就要用手去掐喻静。

喻静一边闪躲，一边呵呵地笑："呀，脸都红了，是不是被我说中了啊？"

林笑笑更加恼羞成怒了，正要一脚踹过去，罗亦的声音再度响起："今天，趁着校庆晚会的机会，我是想跟我喜欢的女生表白！"

轰！全场沸腾了！估计火星撞地球也没这么大的反响！所有的人在安静了一刻后，都和左右的人开始交头接耳，就连前面的学校领导也不例外。

林笑笑刚踹出去的脚戛然而止地停在了半空中，罗亦有喜欢的女生了？这个消息一下子刺进了她的心里！

是谁？是谁得到了罗亦的喜欢？林笑笑的心又疼又酸楚，还有几分说不清道不明的感觉，连她自己都糊涂了。

喻静躲闪的动作也僵硬在哪里，瞠目结舌，半天才拉拉林笑笑的手："林笑笑，你掐掐我，看我是不是在做梦啊，罗亦也会喜欢人？他还能搞出这么浪漫的表白？我是不是出现幻觉了啊？"

林笑笑现在哪里还顾得上理她啊，所有的心神都放在了罗亦身上，看着他深情款款的眼神，看着他百年难得一见的柔情，可惜，这些都是为别人而绽放的。

"我要告诉那个我喜欢的女生，自从她给我戴上这只猫眼石耳钉的那一刻起，另一只耳钉就是为她准备的——"

罗亦伸手从怀中掏出一个锦盒，里面静静地躺着另外一只猫眼石耳钉。

他表情无比温柔地看着手中的那只耳钉，似乎看到自己最喜欢的情人一样热烈，让下面的女生一个个地尖叫不已。

那是？那不是她送罗亦的吗？

这个家伙！太过分了啊！居然用她送他的礼物来当定情信物！可恶！太可恶了！

咦？不对，他刚才说什么？给他戴上猫眼石耳钉的人？那个好像仿佛依稀大概是她耶！

难道？罗亦他要表白的人是她？

林笑笑被脑海里的这个结论吓住了！

"林笑笑，我喜欢你！"仿佛相应林笑笑的想法，罗亦的声音响起，坚定，干脆，利落，斩钉截铁！

尘埃落定！板上钉钉！

全场哗然！

林笑笑立刻接受到了四面八方投来的目光，有羡慕，有嫉妒，有探究，有了然……多得她都分不清楚里面的含义了。

林笑笑怔怔地抬头，罗亦嘴角挂着从来没有见识过的温柔笑容，一向冷冰冰的脸也增添了一丝柔和的弧度。他眼神专注地看着她，和他对视的刹那，似乎天地万物，什么礼堂，什么同学，什么校庆都消失了，只剩下她和他两个人！

罗亦的眼神是前所未有的炙热和执着，就那么柔柔地、坚定地、不放弃地看着她！

林笑笑突然觉得连呼吸都困难起来，手脚也没地方放。

在罗亦的眼神下，林笑笑只有一个念头，就是想逃避。这一切都太出乎她的意料了！太快了，她一点心理准备都没有！感受着罗亦的目光，她却坐立难安。

"林笑笑，接受它好吗？"罗亦高高举起手里的锦盒，目光柔和但是坚决地看着林笑笑，眼神中的期待和那么一丝丝的忐忑被她收入了眼底。

呜呜，这家伙怎么这么厉害啊，这么多人中都能看到她啊！全场一片静默，所有人的眼光都交织成一张大网，将她围在了里面。

林笑笑有几分惶惑地扭头看看四周，除了喻静还是保持着僵硬的姿势，看来她已经被吓坏了，其余的人都是一副看好戏的架势。

林笑笑迟疑着没动，罗亦的手仍旧固执地高高地举起，目

罗亦，我想把花送给你呀

/
213
/

光坚定地看着她，很明确地让她觉得，他会一直等着，等到她回答他为止。

四周的空间变得诡异、炙热，一片嗡嗡的声音响起，终于有人忍不住大声开口了："接受吧！"

一石激起千层浪，立刻很多人附和起来：

"接受它！接受它……"

感受着一下子变得狂热的气氛和场面，再抬头看看罗亦，林笑笑做出了一个谁都没想到的决定，包括她自己。

她落荒而逃了！

罗亦
我想把花送给你呀
· I WANT TO SEND ·
· FLOWERS TO YOU ·

易诚，我真的是很喜欢……揍你的感觉

· I WANT TO SEND FLOWERS TO YOU ·

在万人的瞩目下，林笑笑灰溜溜地从礼堂里逃了出来，不去想别人心里怎么想，不去想罗亦将会如何，也不去想明天会怎么样，她脑海里只有一个念头：逃离！躲开！

身后传来嗡嗡嗡的声音，她也顾不上了，拔腿就跑，一直跑一直跑！直到听不到任何的声音，感受不到罗亦那炙热的眼神，她才终于停了下来。

林笑笑这才发现，自己无意识地奔跑，居然跑到了学校最偏僻的西北角落了。这里几乎人迹罕至啊！

不过正好，可以理清楚自己的思绪，让自己刚才混乱的头脑清醒一下。

林笑笑随便地一屁股坐在地上，长长地舒了一口气，终于从那个混乱的局面解脱出来了。咦，罗亦怎么会跟自己表白呢？而且是在大庭广众之下，多不好意思啊！

"谁在那边啊？"一个身影迟疑地走了过来，鬼鬼祟祟地看着就让人生疑。

"你是谁？"林笑笑警惕地站了起来，大声地问。

"林笑笑？"随着熟悉的声音，人影转了过来。

林笑笑看到了他的脸，是易诚。她手心里攥紧的那块石头也悄悄地放下，然后不满地开口："易诚，你鬼鬼祟祟的在干吗啊？"

真是的，连想清静一下都不可以。

咦？他不去参加晚会，跑到这里来干吗？林笑笑狐疑地看着他："你不看晚会，偷偷摸摸跑来这里，莫非你是跟别人约定了在这里约会？"

易诚走到林笑笑身边，嬉皮笑脸地说："是啊，林笑笑啊！没想到我们这么心有灵犀啊！连约会的地点都想到一起了，不愧是我的知己啊！"

"谁是你的知己啊？一边去！"林笑笑没好气地白了易诚一眼，这个家伙，超级自恋的毛病真的是变本加厉了啊！

"我无意中想到了这里，你看，你就在这里等着我了，不是知己是什么？不是心有灵犀又怎么解释？林笑笑啊，我知道你喜欢我，不用不好意思啊！再解释就显得欲盖弥彰了啊！"易诚笑得那个猖狂啊，让林笑笑恨不得一脚踢飞他那可恶的笑容。而事实上，她也这么做了！

"想死是吧？谁喜欢你啊？白痴自恋的家伙！"怒火滔天的林笑笑，简直想拿把刀来砍死眼前这个讨厌的家伙。

"不是吗？人家罗亦在大庭广众之下跟你表白，你狼狈地逃到了这里，不就是为了向我表白你的心意吗？来吧！我会用博大的胸怀来接纳你的——"易诚唱作俱佳地伸出双臂。

死易诚！看来前几次是没得到教训是吧？还敢这么耍人？看来不好好教训一下是不行了！

下定了决心，林笑笑收敛了自己浑身上下的怒火，换上了甜蜜的微笑："讨厌啊！人家的心思怎么都被你看出来了啊！讨厌！讨厌！讨厌！"说着，她抡起小粉拳，暗暗地咬牙切齿地朝易诚的胸口砸去！

易诚嘴巴一下子张得可以塞进去一个拳头了，两眼呆滞地看着林笑笑："林……林笑笑……你……你没发烧吧？你……你确定你喜欢我？"他连声音都颤抖了起来。

嘿嘿！易诚！要耍人是吧？看谁厉害！

林笑笑收回拳头上的大部分的力量，脸上做出一副小女孩害羞脸红的表情，不依不饶地跺着脚："易诚！你好讨厌啊！人家刚才不是说了吗？难道还要人家再说一遍吗？坏死了啦！"

呕！天啊！一会儿一定记得要去找个没人的地方好好吐一场，这些话说出来，恶心死了！

不过偷偷地看一眼易诚，脸色变幻莫测，一会儿青一会儿紫的他，更是壮观啊。既然这么有效果，那么，就再加一把火吧！

"不过，你听好哦，这可是林笑笑最后一次跟你告白哦！"林笑笑一副娇滴滴羞答答的样子，不忘记挤出一个别扭的媚眼抛给易诚。

"其实……其实自从第一次见到你，我就对你有了特别的感觉（因为觉得你这个家伙很有趣），也是因为你，我才加入了八卦社（主要是你说八卦社薪水高待遇好，还可以带薪休假）。然后在每一次接触中，我发现，越来越离不开你了。以前，我还不明白这是什么原因（那是因为你太不起眼了，我根本没时间想到你）。不过，经过刚才的事情，我才发现，我真的很喜欢——"

咦？在林笑笑刚要说出最后的几个字也是最关键的几个字的时候，眼角突然瞥到了一抹熟悉的影子，好像是罗亦？

罗亦？他怎么会在这里？

呃，难道他是在她逃离礼堂后跟着出来的？不是吧？他难道要真的很执着地跟着她追问答案吗？哭啊！她到现在还没想明白呢，她还没弄清楚自己的心思呢，要怎么跟他说啊？

怎么办？怎么办？

她脑子里在想，脚不由得后退了一步，如果一会儿罗亦追了出来，自己要不要拔腿再跑给他看？还是……

林笑笑眼睛瞟到易诚，或者，躲到他的后面去？

呸呸呸！这是什么破想法，易诚这个家伙，算了！

刚刚收回自己的思绪，她就看到罗亦的身影在停顿了一下后，消失在树影后。

奇怪？他怎么追到这里又走了呢？什么意思啊？

林笑笑心里升起一大堆的问号，不过在看到对面易诚已经完全傻了的样子后，她还是决定，将眼前这个麻烦好好教训了再说吧。

林笑笑阴阴地一笑，轻轻地吐出最后几个字："我真的是很喜欢揍你的感觉耶！去死吧！易诚！"随着最后一个字吐出，她的拳头和脚也跟着挥出，招招都落在易诚的身上。

这个死自恋狂！这个白痴！这个超级没脸的家伙！新仇旧恨一起涌上心头，她拳拳用力，脚脚不留情地踹到了易诚的身上。

"哇——救命啊！"易诚被林笑笑暴风骤雨般的袭击一下子打蒙了，只记得抱着头喊救命了。

"死自恋狂！我会喜欢你？做梦吧！以后要是再这么自恋，我看一次揍你一次！记住了没有？"林笑笑狠狠地踹出最后一脚，拽拽地拍拍手转身。

"呜呜，林笑笑！你好狠心啊！利用完人家就甩了人家！哇——好疼啊！"易诚这个家伙，这种时候居然还跟林笑笑耍宝？真是无语了。

算了！跟这种白痴的家伙真的是没道理可以讲，连这样的高压手段都搞不定他！她第一次对人有了无力感！

算了，惹不起，总躲得起吧？今天先放他一马，明天让喻静来收拾他，他易诚天不怕地不怕，可唯独就怕喻静的拳头。

再说了，刚才看到了罗亦匆匆离去的背影，怎么看怎么觉得那个背影有点怪怪的，让她心里充满了不安的预感，总觉得似乎有什么事情发生一样！

现在她只想追过去，看看到底发生了事情，哪里有时间来理易诚这样的路人甲啊！

·36·
她也喜欢他，好喜欢

奇怪！罗亦跑到哪里去了啊？

林笑笑几乎将校园里所有的角落都找了一遍，居然都没有看到罗亦的身影，难道他回礼堂了吗？

不可能！林笑笑立刻否定了自己的想法，这个时候，猪都不会回去礼堂啊，难道等着接受别人如同探照灯一样的目光吗？她了解的罗亦可没有这个爱好。

难道他回家了？真是的，看到她了都不知道打个招呼，还说喜欢林笑笑呢！

有这么喜欢人的吗？枉费自己这么喜欢他！

喜欢他？她被自己脑海里刚刚冒出的念头吓了一大跳！

她喜欢罗亦？怎么会喜欢他呢？从什么时候喜欢他的呢？

疯了！疯了！这个世界要疯了！

林笑笑捧着自己的脑袋，傻傻地蹲在地上，脑子里还在消化自己刚才的想法。

她是从什么时候喜欢上罗亦的呢？

是他那一脚踹上她的屁股，让她狼狈地跌出门外的时候？

不可能吧？她好像没有被虐待的倾向吧？

还是在第二餐厅里，他们激烈交锋的时候？

或者是，他终于接受她的存在，虽然每次都很别扭，但是仍然忍让她的时候？

也许，也许，是他误会她偷拍了他的半裸照片，在校长要处分她，他勇敢地站出来，承担了所有的责任，却不让她知道的时候？

还是，他虽然不情愿，但是为了她，同意接受拍照片的时候？

……

她脑子里一片混乱，所有他们一起相处的情景都浮现在了眼前，他从最开始的冷酷，到后来的无奈，再到忍让，然后到默默地体贴。最后是刚才的一幕，他用那样的温柔的眼神看着她，告诉她，他喜欢她……

一幕幕的场景在脑海里此起彼伏，虽然凌乱，但是，都向林笑笑传递着一个讯息，那就是——她喜欢罗亦！不知道从什么时候起，不知道为了什么，她就喜欢上了他！

原来如此！

她终于明白了最近这一段时间来，只要有罗亦的存在，她心跳就会加速的原因；只要和罗亦有关的事情，她就会想探听的原因；只要他对她微笑，她就会开心一天的原因；只要他微微皱眉，她就会比他还担心的原因……

这一切的一切，不过都是源于她喜欢他而已啊！

既然明白了自己的心思，而且也知道对方是喜欢着自己的，嘿嘿！以林笑笑的为人风格，当然是当机立断，毫不犹豫地确定这样的关系啊！

　　就这么决定了！明天，就是明天，她要跟罗亦说！她也喜欢他！很喜欢很喜欢！而且是很早以前！

· 37 ·

一切只是个玩笑？！

· I WANT TO SEND FLOWERS TO YOU ·

天气晴朗，阳光明媚，风和日丽，良辰美景啊！

心情好，气色就好！气色好，连心胸都变得开阔起来。

一大早，林笑笑看着眼前的这个世界，比什么时候看起来都顺眼啊，风是悠悠的，水是清清的，花是明媚的，阳光是温暖的，连平日里刺耳的汽车鸣笛声都悦耳起来。

一踏进校园，林笑笑就感受到了和昨天一样的目光，羡慕、嫉妒，当然，还有很少数的看好戏、鄙视，哦，当然还有祝福。

"看到没？那个就是林笑笑啊！真是没看出来啊，如今的新生都这么厉害啊，刚来才多久啊，就将我们学校最最有名的罗亦收入裙下了啊！"

"真没看出来啊，一副普普通通的样子，罗亦怎么会喜欢她呢？"

"就是啊，不知道她用什么手段勾引到了罗亦的啊！"

"看她那个样子，就知道了啊！加入八卦社的能有几个好人啊？"

"……"

罗亦，我想把花送给你呀

/
224
/

一路走来，耳边都是这样的窃窃私语，说是窃窃私语，不过说话的声音一个比一个大，生怕林笑笑听不到似的，体贴得几乎要喊出来了。

她们这都是嫉妒！绝对是嫉妒！很明显的嫉妒嘛！典型的吃不到葡萄就说葡萄是酸的！因为罗亦喜欢林笑笑，所以她们要恶意中伤诋毁她！

不过，林笑笑今天心情实在是太好了！平日里要是听到这些话，绝对会冲过去好好地教训一下她们，不过，今天就是一笑而过！

来不及去自己的寝室放下东西，林笑笑直奔罗亦他们系教学楼而去，还没到见到他人呢，一路就被人围着了。

"林笑笑啊，还是你厉害啊，搞定了我们的冰山王子啊！"说这话的是罗亦班上的一个女生，这话怎么听怎么都有股酸溜溜的味道啊。

"谢谢学姐的夸奖！"林笑笑当这是夸奖，大大咧咧地收下了。

"林笑笑啊，我就说当时就看出罗亦对你有些不寻常，原来那小子是看上你了啊！呵呵！"笑得这么憨厚的也只有那个林笑笑熟悉的学长了。

林笑笑扮个鬼脸，笑了笑不说话。

"哟，昨天才表白，今天就来找罗亦了啊？真是如胶似漆啊！"一个刺耳的声音响起，不用回头，就知道是某个迷恋罗亦未果的女生因嫉成狂了。

林笑笑嘴角挂上甜蜜得腻死人的微笑，缓缓地回头，一副人家现在好甜蜜、好高兴、好开心的架势："是啊，学姐，没想到你也能体会这样的心情啊？"

"你——"身后那个脸色由红变白的女生，气得五官都移位了。

"好啦好啦，林笑笑，你快去找罗亦吧，他今天一大早就去图书馆了，不过看上去好像不是很高兴，快去看看吧！"憨厚老实的学长好心地上来解围。

看在学长的份上，她不跟这个嫉妒的小女子一般计较，直接奔图书馆去找亲亲罗亦去了。

他怎么会脸色不好看呢？为什么会不高兴呢？林笑笑心里一边想着，脚下的步子可没停。

一踏进图书馆自习室，就看到了罗亦。不知道是不是错觉，她怎么觉得罗亦今天浑身都透露着哀伤的气息。

肯定是她感觉出了问题吧？昨天他才跟她表白，今天她就来找他，告诉他她也喜欢他，他怎么会哀伤呢？

肯定是她自己的问题！林笑笑揉揉自己的额头，轻快地走到罗亦的面前，扬起最甜美的微笑："早啊！"

按照林笑笑的想法，罗亦好歹应该回个笑脸给她吧，结果他居然无动于衷，连眼皮都不抬一下，似乎根本就没有听到她的招呼。

"罗亦？"林笑笑奇怪地伸手去推他。

罗亦轻巧地闪身，避开了林笑笑的手，一脸的淡漠。

淡漠？什么时候罗亦的表情又恢复成这个样子了？昨天不是还温情款款的吗？怎么才过了一个晚上，就恢复成了最开始的淡漠了？到底发生了什么事？

罗亦怎么会用这样的态度对她啊？

"罗亦，你到底怎么了？"林笑笑疑惑地问，一定要知道他到底怎么了，罗亦怎么会突然变得这么冷漠，好像，好像又回到了他们最开始见面的时候。

她心里莫名地有一些发慌，有一丝的惶恐。

"你来做什么？"罗亦冷冷地开口，语气里一点感情都没有。他的眸子里平淡冷漠，昨天还历历在目的柔情和炙热消失得无影无踪，连一点痕迹都找不到了。

"我……"林笑笑一时有点语塞，不过立刻就调整了过来，"昨天你不是说喜欢我，要我做你的女朋友吗？我今天来是告诉你，我也喜欢你——"她勇敢地说出了自己的心意，然后抬头，期盼地看着罗亦。

她都亲口跟他表白了，也接受了他的追求，他应该再度露出那么柔情的一面了吧？

"我喜欢上别人了，昨天的话我收回！"罗亦的一句话，宛如一枚炸弹，炸得林笑笑头晕眼花，摇摇欲坠，要不是手还扶着墙，她一定会很没出息地摔倒在地。

"你——你说什么？"林笑笑简直不敢相信自己的耳朵，这是怎么回事？怎么可能？昨天还在那么多人面前跟她告白，今天居然告诉她说，他喜欢上了别人？

这算什么？开玩笑？耍她吗？

为什么连视线都模糊了？看不清楚罗亦的表情？为什么她的心那么痛？痛到连呼吸都那么困难？

"我说，昨天说喜欢你的话，是逗你玩的！我喜欢的是别人！所以，你不用自作多情了！"罗亦冷酷的声音再度响起。

什么是世界上最伤人的东西？林笑笑终于知道了！那就是人的语言！罗亦的话，就像一把钝钝的刀子，在她的心上慢慢地一刀一刀地割着，残忍地折磨着她！

"你骗我！昨天你还当着那么多人的面跟我告白！怎么会是假的呢？你是骗我的对不对？"她为什么看不清眼前的这个人？为什么他变得这么陌生？陌生得她认不出来？为什么她感觉他们之间的距离那么遥远？虽然人和人咫尺相对，可是，心和心却似乎相隔天涯？

"林笑笑，罗亦都说了是逗你玩的，你就不要自作多情了！你也不想想罗亦怎么会喜欢上你呢？"刺耳的声音响起，再度在她心上狠狠地插了一刀。

"你别胡说，人家两个人的事情，你掺和什么啊？"旁边有人拦阻，如果林笑笑没猜错，应该是那个憨厚的学长吧。

她吸吸鼻子，擦擦不知道什么时候已经流满了整个面颊的眼泪，努力让自己定下心神，抬眼直对罗亦的眼睛，眨也不眨一下，生怕错过他的任何表情："你刚刚说的话是真的吗？"

罗亦，如果你现在改口，我可以当什么都没有发生，开开心心地当你的女朋友！如果你还是坚持的话，即使我的心再痛，再舍不得，我还是会潇洒地退场。

罗亦的眸子平淡得一点情绪都看不出来。林笑笑的心蓦然沉了下去，缓缓地下沉，沉到了永远都不能翻身的深渊。

他的回答，她已经知道了。

"我不喜欢你！"简简单单的五个字，被罗亦轻描淡写地说了出来。

心口一阵剧痛，林笑笑咬咬牙，努力让自己挤出一个困难的微笑："我知道了，从今天起不会再来打扰你了！再见！"

她深深地看一眼罗亦，扭头就走，转身间也不知道撞到了谁，含含糊糊地说了句抱歉，就拔腿飞奔出图书馆。

罗亦
我想把花送给你呀
· I WANT TO SEND ·
· FLOWERS TO YOU ·

·38·

爱情里的小误会

· I WANT TO SEND FLOWERS TO YOU ·

耳边的风呼呼而过，夹杂着周围人的窃窃私语，说些什么林笑笑已经没有心情去听了，脑子里只有一个想法——逃离这里！离得越远越好！

心中似乎有团火在烧，又似乎有块冰，冷得她全身打战。

林笑笑迷惑地站定，偌大的校园里，人来人往，可是，她却觉得这个世界上只有她一个人！这么冷清，这么孤独，这么悲惨！

该去哪里呢？去上课吗？她现在一点心情都没有，那还能去哪里？她一肚子的委屈该向谁说？

喻静？

林笑笑眼睛一亮，终于找到了发泄的人了！

她几步跑到了教室，一把拖住喻静就往外面跑。

喻静被林笑笑拖着一边跑一边喊："拜托！你要干吗啊？马上要上课了耶！你到底要带我去哪里啊？"

林笑笑一路拖着喻静飞奔，在校园里跟无头苍蝇一样乱撞，终于找到了一个空旷没人的地方，停下了脚步。

罗亦，我想把花送给你呀

/
231
/

喻静立刻甩开林笑笑的手，一边揉着胳膊，一边抱怨："拜托，你一大早的发什么神经啊？不就是昨天罗亦跟你表白了吗？至于今天一大早拉我到这里炫耀吗？"

死喻静，能不能不往自己心上捅刀子啊？一直强迫自己不要哭，不要流眼泪，要坚强的信念一下子就被喻静的一句话轻易地击破了。

林笑笑终于再也忍不住委屈和难受，抱着喻静大哭起来。

去她的面子！去她的自尊！去她的坚强！她现在只想痛痛快快地哭一场，让自己将内心的委屈和痛苦发泄出来。

"林笑笑？林笑笑？你怎么了？出什么事情了？"喻静抱着林笑笑，她感觉出了林笑笑的不对劲。

"哇……"不问还好，越问林笑笑越觉得委屈啊，哭得越发大声起来，鼻涕眼泪什么的全部抹在了喻静的衣服上。

好不容易发泄完了，眼睛红肿得跟兔子一样，嗓子干哑得跟撒哈拉大沙漠一样，喻静的衣服也被林笑笑蹂躏得跟咸菜一样了。

喻静忍耐地看看自己的衣服，再看看，拳头捏紧又松开，松开又捏紧，半天终于从牙缝里挤出几个字来："到底怎么回事？"那架势，如果林笑笑不好好交代一下，到底是为了什么而哭成这样，将她的衣服哭毁了，她一定会让林笑笑好看。

林笑笑抽抽噎噎地将事情的全部经过讲给喻静听，看着她沉思的面孔，林笑笑很没形象地凑过去，小心地问："喻静，你说我该怎么办啊？"

喻静凶凶地瞪林笑笑一眼："闭嘴，我在想事情呢！"

林笑笑被喻静凶得倒退了一步，乖乖地坐到一边安静下来，不时地用眼睛瞅一下喻静，看她严肃的表情，到底在想什么重要的事情啊？能有什么事情比安慰她脆弱的心灵更为重要啊？

半天，喻静终于松开了紧皱的眉头，看了林笑笑一眼，眼睛里的杀气让林笑笑的心怦怦地跳，有点想拔腿就跑的冲动。

"你个白痴啊！笨死你算了！只知道哭，你就没想想为什么只隔了一个晚上，罗亦的态度就相差这么多？"喻静看林笑笑的眼神，就跟看一个白痴没什么两样。

林笑笑莫名其妙地看着她，真是奇怪了！她怎么知道罗亦为什么隔了一个晚上，态度就天壤之别啊！不过在喻静的霹雳眼神下，林笑笑还是老实一点好："我听到他说了啊，他说昨天晚上那是逗林笑笑玩的啊！"说到这里，委屈又涌上了心头，刚要张嘴再哭一次，就被喻静用眼神逼得林笑笑乖乖地将眼泪咽了回去。

"林笑笑啊！我真是服了你了！你真是被爱情冲昏了头脑啊！哪有人开那种玩笑逗人的啊？用你的猪脑子好好想想！昨天晚上是什么情景啊！校庆耶！当着全校的同学，还有学校领导，还有以前的老学长们，他跟你表白耶！这是能开玩笑的事情吗？你脑袋进水了还是被门夹了啊？"喻静几乎要跳起来骂林笑笑了。

林笑笑被骂得连大气都不敢喘一下，脑子里飞快地掠过昨天晚上的场景，罗亦的眼神，那么柔和、那么深情，那是无论如何也造不了假的啊！可是今天早上，他的冷淡无情也是历历在目啊！到底是怎么一回事？

林笑笑用求救的眼神看向喻静。现在的林笑笑，脑子里乱成了一团，什么都想不清楚。

"笨蛋！肯定是昨天他表白完，你一个人丢下他跑了，留他一人在台上尴尬，然后你再想想出去之后还发生了什么事情，才让他今天态度大转变！这一点你都想不到吗？"喻静朝天丢个白眼。

"那——难道是他家里人知道了，不同意我们？还是学校领导反对？所以他才这样？"林笑笑脑子里立刻显现出书上，电视上经常会有的情节。

"笨死你算了！我真是——林笑笑，你平日的聪明都到哪里去了啊？被猪吃了吗？"喻静活像被踩了尾巴的猫一样跳了起来。

"我又怎么了？"林笑笑无辜地看着喻静。

"你……你你……真是败给你了！麻烦你用脑子好好想想你刚才跟我说过的话，你昨天从礼堂跑出去以后，罗亦也追出去了，而你，跑出去后碰到了易诚，你们做了些什么？说了些什么？"喻静一脸要暴走的倾向。

林笑笑立刻低下头来，乖乖地做出一副冥思苦想的架势，她遇到易诚，和易诚斗嘴，开玩笑，然后——

林笑笑脑子里灵光一现，她终于发现哪里不对劲了！昨天晚上她似乎看到了罗亦的背影，当时觉得他的样子怪怪的，总觉得他的背影很悲伤和孤独，似乎被全世界遗弃了，满心伤感和绝望，她还看到他似乎停顿了一下，然后就决然地离开了，她当时就有种不好的预感呢！

当时她在做什么？为了好好教训易诚，故意每句话都说得很暧昧，当时她恰好对易诚"表白"，但是罗亦没听完她全部的话就走了！

林笑笑终于明白是怎么回事了——罗亦误会她喜欢易诚了！

· 39 ·
亲爱的，是我太笨了吗？
· I WANT TO SEND FLOWERS TO YOU ·

林笑笑一脸恍然大悟的表情，终于让喻静放下心来。

"看来你还没有笨到不可救药啊！"

虽然明白罗亦是误会了，可还是不太明白他今天为什么用这样的态度对她。

"好吧，就算罗亦误会我喜欢易诚，他好歹应该求证一下好吧！怎么可以今天就翻脸不认人了呢？"

"笨啊你！罗亦那么高傲的人，在看到你跟易诚嘻嘻哈哈后，误会你喜欢易诚，为了自己的自尊，怎么可能来问清楚？再说了，昨天你听到人家的表白后，撒腿就跑，也够让人误会的了！"喻静闷闷地看林笑笑一眼。

"可是……可是我……"林笑笑试图为自己的行为辩解，人家那是一时懵了，没有反应过来才接受不了嘛！

"别可是了，现在最重要的是，知道事情的真相了，你要怎么办？"喻静挥挥手，阻止林笑笑的辩解，一针见血地指出问题的症结所在。

"我？"林笑笑指指自己的鼻子，在问她吗？

"废话！难道是问我啊？你到底打算怎么办？"喻静率性地耸耸肩膀。

"我要杀了易诚那个王八蛋！"林笑笑怒从脚底起，恶向胆边生！如果不是易诚那个家伙昨天那么耍宝，自己至于让罗亦误会吗？然后也不至于导致今天早上成为大家的笑柄啊！说到底，都是易诚的错！非杀了他不可！

"你确定？"喻静闲闲地在一边问。

"废话！不过先要他去跟罗亦解释了，然后再好好修理他！"林笑笑愤愤不平地咬着牙齿说道。

"恐怕你要失望了！"喻静笑得怎么看怎么不怀好意啊。

"什么意思啊？"林笑笑警惕地看着喻静。

"你个白痴啊，没看出易诚也喜欢你吗？要不是因为易诚喜欢你，罗亦能误会吗？真是脑子白长了啊！"喻静摇摇头，一脸的叹息。

喻静欠扁的表情先放一边，她口里说的那个消息可是晴天霹雳啊！

"易诚他喜欢我？你开什么玩笑？怎么可能？他那么自恋的家伙，对谁不都是那样啊！"

怎么可能哦！易诚那个家伙不是宣扬不可能为了一棵树放弃一片森林的吗？怎么会喜欢她啊？

"说你笨，你还真是笨得没药可救了！白痴都看出来易诚喜欢你了，你以为他在谁的面前都那么自恋啊？只有在你的面前才是好不好？真是的！"喻静一副快要晕过去的样子。

"那——那让他跟罗亦解释你们其实没什么，你说他会不会愿意啊？"林笑笑想了半天后，小心翼翼地问。

"白痴啊！用脚趾想都知道不可能啊！他们什么关系？情敌耶！你看过哪个人会帮助自己的情敌的吗？"喻静毫不留情地戳破林笑笑幻想的泡沫。

"那个——书上和电视上就有啊！"林笑笑努力地想说服喻静。

"拜托你不要这么幼稚了好不好？书和现实是两回事，现在你只需要告诉我，你喜欢谁？易诚还是罗亦？"喻静一本正经地看着林笑笑。

废话！这还用选吗？当然是罗亦！易诚虽然人不错，平日在一起嘻嘻哈哈的也很开心啊，不过，她都拿他当哥们看待的好吧！

林笑笑嘿嘿一阵傻笑，看着喻静不说话。

喻静叹了一口气，摸摸自己的额头："好啦，好啦，收起你的傻笑好不好？我知道你喜欢罗亦啦！"

嘿嘿，不愧是死党啊，这么了解自己！

"那就好办了！想跟罗亦在一起吗？"喻静弹弹手指，开始分析目前的情况。

林笑笑立刻点头，当然了，要不然她哭得这么伤心是为了什么啊？

"那从现在起，改成你追他好了！"

喻静丢下一句话，砸得林笑笑目瞪口呆。

她追罗亦？不是吧？她是女生耶！要矜持的好吧！怎么可以去追男生呢？尤其是，尤其是，罗亦现在对她误会了，她又为了自尊，说好了不再去找他的！怎么可以食言啊！

林笑笑小心翼翼地抬头看看喻静的脸色，开口说道："那个，可是，罗亦对我误会那么深，而且，我今天当着那么多人的面说了，以后跟罗亦永远都不再见面的！让我去追他，多没面子啊？"

"那你想清楚！是自己的幸福重要？还是你的面子重要啊？美好的爱情就在眼前了还不去争取，等着天上掉馅饼来砸你吗？哪里有这么好的事情？要是真的喜欢他，不管用什么手段，用偷也好，骗也好，争也好，抢也好，一定要将自己喜欢的人争取过来，让他乖乖地投降才是王道！你以为你没事躲在这里哭，就能将罗亦哭回来吗？我看你眼睛哭瞎了都没用！幸福是掌握在自己的手里的，要靠自己去争取！为了你的那臭面子？面子值多少钱一斤啊？矜持有什么用啊？能让罗亦回来的方法才是王道！"喻静劈头盖脸一顿臭骂，骂得林笑笑乖乖地低头受教不语。

"你到底听进去了没有？"喻静慷慨激昂地说了老半天后，矛头直接对准了林笑笑。

"听进去了！"林笑笑被教训得雄心大发，志气倍增，充满了自信。

"知道该怎么做了吧？"喻静斜着眼睛看林笑笑。

林笑笑嘴角挂着充满斗志的微笑，拍着胸脯："知道了！不就是将罗亦追回来嘛，能难倒聪明绝顶的林笑笑我吗？看我的好了！罗亦，你逃不出我的手掌心的！嘿嘿……"

"那好，现在我们讨论另外一个重要的问题！"喻静突然笑得无比可爱。

林笑笑警惕心大起，提防地看着她："什么重要的事情？"

"讨论一下，我被你哭脏的衣服该怎么办？"喻静咬牙切齿地指着自己身上眼泪鼻涕一塌糊涂的衣服，冲着林笑笑阴笑。

林笑笑飞快地倒退几步，呵呵傻笑："呃，喻静，我突然发现我还有一件很重要的事情没做，我先走了！再见！"

立刻拔腿闪人！

后面传来喻静暴跳如雷的怒吼："林笑笑，你给我站住！你赔我的衣服！我今天第一次穿就被你的鼻涕眼泪给毁了！给我站住……"

罗亦
我想把花送给你呀
· I WANT TO SEND ·
· FLOWERS TO YOU ·

爱情公告

· I WANT TO SEND FLOWERS TO YOU ·

"你们去学校的公告栏看过没有啊？"

"看过了，这么轰动的事情，怎么能不去看呢？"

"真是怪事年年有，今年特别多啊，你说罗亦不是说了喜欢林笑笑吗？怎么林笑笑又在学校公告里栏贴出公告，说自己要追求罗亦，不死不休啊？"

"这你就老土了吧！你不知道吗？第二天罗亦就宣布了，他根本不喜欢林笑笑，那只是个玩笑！"

"啊？不是吧？怎么这么复杂啊？"

"就有这么复杂啊，真是不知道他们之间在搞什么！不过，反正我们有好戏看了！"

……

"喂喂喂，你们听说了没有？林笑笑宣布要追求罗亦呢，而且不追到誓不罢休啊！"

"早就听说了啊，就你还当新闻在讲。"

"你们说林笑笑会怎么追求罗亦啊？"

"不知道，不过，以林笑笑进长宁以来的表现，估计轰轰烈烈是免不了！"

……

"天——天啊！你们看那里！"

"什么啊——不是吧？那不是林笑笑吗？她手里举着一枝比她还高的向日葵准备干吗？"

"她……她……她不会是举着向日葵去追求罗亦吧？"

……

林笑笑手里举着向日葵，雄赳赳气昂昂地走在学校的林荫道上，来来往往的人都将奇怪的、惊叹的、感慨的、诧异的、不敢相信的眼神投注在了她的身上。

没错！林笑笑就要发动对罗亦的攻势了！她要带着向日葵去追求他！去感动他！去搞定他！为什么带向日葵而不是玫瑰花，因为罗亦就像她生命中的太阳，太阳在哪里，她就要追寻到哪里。

身边同学的窃窃私语林笑笑一点都不在乎，用喻静的话说，和自己的幸福相比，面子算什么？矜持有什么用？

此起彼伏的尖叫声，从林笑笑拿着向日葵踏进校园开始就不绝于耳了，而且，随着她的脚步，后面跟着看热闹的人也聚集得越来越多，远远看去，她的后面跟着黑压压的一群人，估计都是想看看她到底是想干吗的！

嘿嘿！那么今天就让你们见识一下吧！

林笑笑嘴角轻轻地翘起，充满自信地来到罗亦的教室。

喧闹的教室在林笑笑出现之后，一下子变得沉寂得可怕，连呼吸声都听得到了。

所有的人都用惊讶的眼神看着林笑笑，包括罗亦。

林笑笑微微一笑，轻快地走到罗亦的面前，将手里的向日葵轻轻地放在他的桌子上，在所有人屏息以待中开口说道："罗亦，我喜欢你！从今天开始，我要追求你！直到你接受我为止！这支向日葵花代表了我对你的感情，请收下！"说着她微微地一鞠躬。

她抬头，对上了罗亦闪过一丝诧异和悸动的眸子，不过，他立刻恢复了平静，冷冷地开口："我说过了，我不喜欢你！"

嘿嘿！人家既然决定追求你，就做好了心理准备。毕竟从认识的那天开始，罗亦的死人性格她就太了解了，更何况她知道了他为什么要这么对她，她应付起来就游刃有余了。

林笑笑依然保持着脸上的微笑："没关系，我喜欢你就好了！"

"哐！"

周围倒下了无数人。

罗亦的眉毛微微跳动了一下，林笑笑知道这是他以前每次被自己气到头痛的标志。

"林笑笑！我说过了，我不喜欢你！我也不喜欢向日葵！"

林笑笑悠闲地掏掏耳朵："我听到了，你不用重复第二遍。我也说过了，没关系，我喜欢你就好了！"哼，比定力是吗？我林笑笑只要下定决心去做的事情，就一定会做到的！

林笑笑挑挑眉毛，郑重地看着罗亦的眼睛，用她最大的真诚开口："罗亦，我喜欢你！这是真心的！那你喜欢什么花？我明天换一种过来！"

看着罗亦有些发愣的表情，林笑笑换上带着几分捉弄的微笑："我要去上课了，再见！"说着，她挥挥手，转身就走。

她心里有一种想笑又想哭的冲动，似乎，似乎一切又仿佛回到了最初的最初。

刚要踏出教室门，一个刺耳的声音再度响起。林笑笑记得，就是那天罗亦说不喜欢她的时候，落井下石的那个家伙。

"见过不要脸的，没见过这么不要脸的！人家都说了不喜欢了，还死缠烂打地巴着不放！真是丢我们女生的脸啊！"口气里的酸味，方圆十里都可以闻到了。

"好大一股酸味啊！"林笑笑故意用鼻子嗅嗅，然后故作惊讶，"我说怎么这么酸呢？原来是狐狸吃不到葡萄所以就说葡萄酸啊！"

"扑哧……"周围低低的窃笑声响起。

"林笑笑！你说谁是狐狸？"某人恼羞成怒。

林笑笑连回头看对方一眼的欲望都没有，冷冷地丢下一句"谁问的谁就是狐狸"后拔腿走人，她的时间可是很宝贵的！现在是追求罗亦的关键时期，每一分每一秒她都要拿来计划下一步该怎么做，如何设计一个美好的陷阱，让罗亦乖乖地跳进来束手就擒。哪有时间理这些路人甲乙丙丁啊！

在众人景仰、崇拜、惊骇的目光中，林笑笑招摇至极地回

罗亦，我想把花送给你呀

到自己教室，立刻就受到了全班同学的热烈欢迎。

　　同学们团团将林笑笑围在了中间，然后每个人依次走到林笑笑的面前，拍拍林笑笑的肩膀，点点头，再附带一个同情加鼓励的眼神给她。

　　晕！这是什么状况？

　　"丁零零——"

　　幸好幸好，上课铃声响了。

　　同学们都一哄而散，回到自己的座位上去了，林笑笑也乖乖地掏出课本，摆出一副认真听讲的架势来，虽然脑子里想的都是下一步该怎么做，如何让罗亦看清楚她的真心、了解她的心意，然后，乖乖地承认喜欢她……

　　真是伤脑筋啊！

· 41 ·

我一定会努力的

· I WANT TO SEND FLOWERS TO YOU ·

一节课就在林笑笑愁眉苦脸，抓耳挠腮中不知不觉地就度过。忽然，林笑笑听到耳边有人在喊她的名字，条件反射地抬头，正对上老师含笑的眼神。

"林笑笑，你一节课都在咬牙切齿愁眉苦脸地想什么呢？是不是老师讲的什么地方你没弄明白啊？"

"呃——我——"林笑笑顿时晕了，总不能告诉老师，她一节课什么都没听进去，全在思考怎么样泡帅哥吧！

林笑笑犹豫着，到底找个什么借口来瞒过老师呢？

"老师，不要逗人家啦！她现在满脑子估计都是怎么样追求到罗亦学长呢！"一个声音在静寂的教室里响起。

是哪个家伙？居然陷害他？

林笑笑用眼神搜寻刚才说话的人。

"哈哈……"

教室里的同学们在一片静寂后，哄堂大笑起来，有人跺脚，有人拍桌子，还有人吹口哨，简直是热闹得不得了。

林笑笑的脸都绿了！她怎么从来没有发现他们班的同学都

罗亦，我想把花送给你呀

247
/

是唯恐天下不乱的角色啊？

老师居然还能保持着一脸笑容，笑眯眯地看着她，说出了一句让她当场垮掉下巴的话："林笑笑啊，加油哦！我很看好你哦！"然后施施然走出教室。

林笑笑的脸黑了一半！

这都是什么状况啊？

在周围同学的哄笑声中，林笑笑狼狈地逃出了教室！呜呜，怎么会这样呢？怎么自己的事情，连老师都要来掺和一下？

这是不是意味着，她追求罗亦的道路崎岖不平，充满了坎坷啊？

真的欲哭无泪！

下课铃刚一响，顾不上同学们和老师的诧异眼神，林笑笑急急忙忙地抓起书包，一溜烟地窜出了教室。

她得赶快跑到建筑系去围追堵截去！以她对罗亦的了解，下课后他肯定第一时间就要开溜，让她找不到他的人！

她怎么可以允许这样的事情发生呢？

一路风驰电掣地赶到了罗亦所在的教室，"砰"地推开门，还好！居然一个人都没走，都还在教室里乖乖地坐着呢，简直是上帝都站在她这一边啊！

林笑笑露出一个满意的笑容，然后在看到讲台上的人影后，笑容僵在了嘴角边，让我死了吧！是校长！

林笑笑不着痕迹地悄悄后退一步，试图躲起来，期望校长没有看到她。没有看到！

林笑笑在心里默默地祈祷。

很明显，老天没有听到林笑笑的祈祷，校长的声音响起："林笑笑，你有事情吗？"

林笑笑头都快低到地上去了，感觉全身的血液都涌到了脸上，她期期艾艾地开口："校长好！我……我……"

呜呜，太丢人了！

周围鸦雀无声，连呼吸声都听不到了，林笑笑可以肯定，那些家伙一定是屏息以待，观察下一步的发展呢。

"你跑得这么急，是来找人的吧？"校长的一句话，让林笑笑犹如抓到了救命稻草。

林笑笑立刻点头点得快抽筋了："是啊，是啊，呵呵……那个……我是来找人的！"

"来找罗亦的？"校长的声音里带着一丝笑意。

"咦？校长？你怎么知道的？"林笑笑猛地一抬头，在校长的脸上看到了千年老狐狸一样的笑容。

"现在全校都知道了，我怎么会不知道呢？"校长笑得好恐怖好奸诈好狡猾啊！

林笑笑的脸一下子白了，校长知道了！她今天算不算送上门来给校长修理啊？

"校长……那个……我……"林笑笑都不知道说什么好了，平日里的伶牙俐齿现在完全派不上用场了。

"既然你这么着急，我就不耽误你了，好了，下课吧！"

校长云淡风轻地挥挥手，示意下课，然后走下讲台。

咦？校长这是什么意思？成全她吗？怎么会呢？

林笑笑惊讶地看着校长，一句话不受大脑控制地溜了出来："校长，你不反对我们吗？"

话一出口，林笑笑就恨不得给自己两耳光！

校长呵呵一笑，伸手扶扶自己的眼镜，笑眯眯地开口："我人虽然老，可是思想还是开通的，罗亦他很优秀，我要有个女儿我也支持她去追的。所以只要你们自己知道在做什么，我没什么好反对的！"

耶！校长万岁！林笑笑差点跳了起来！平日看着不顺眼的校长现在怎么看怎么顺眼，怎么看怎么仙风道骨，儒雅风流！

"谢谢校长！我一定会努力的！"林笑笑握紧了拳头，宛如发誓一般，眼角瞟到了罗亦在听到她这句话后，脸上凸显了N条黑线。

"呵呵，加油哦！林笑笑！"校长摸摸林笑笑的头发，夹着书本，潇潇洒洒地退场。

校长一走远，教室里立刻热闹了起来，七嘴八舌地说什么的都有，不过都对校长如此开通的态度感到开心。

林笑笑顾不上这么多了，直接走到了罗亦的面前："罗亦，我跟你一起走好吗？"

罗亦还没什么表情，周围的男生已经开始起哄了，一个个都拍着桌子，吹着口哨，摆明了要看好戏。

罗亦一个冷冷的眼神过去，立刻，所有的人都安静了下来。

林笑笑看着罗亦的表情，心里感叹：真是帅啊！真是酷啊！自己的眼光果然不错啊，居然挑到了这么一个极品！不知道是不是上辈子好事做了太多的缘故啊！

　　等林笑笑从感叹中回身，罗亦已经收拾好了书包，直接无视她，径直向教室门口走去。

　　不行！绝对不能让罗亦这么容易就走掉！要不然，她下一步的计划怎么办？她可是打算在路上好好地跟他解释一番的耶！如果可以消除误会那是最好了！如果不能，单独相处的时间多一点也好啊！

　　他就这么大大咧咧地走了，怎么办？

　　情急之下，林笑笑脑子还没反应过来，身体已经做了最直接的反应，一个扑身过去，抱住罗亦的胳膊，死都不撒手了。

　　周围的抽气声不绝于耳，林笑笑已经顾不上了，只要能抓住罗亦，顺利实行她的计划，管别人干什么啊？

　　"放开！"罗亦冷冷地开口。

　　"不放！"林笑笑也坚决地回答。

　　"林笑笑！"罗亦的声音里有了一丝怒意，熟悉他的林笑笑立刻感觉到了。

　　放，还是不放？林笑笑脑子里立刻飞快地转了起来，放了他，她今天的努力就都白费了，可是不放，她真的好怕罗亦生气啊，他现在本来就已经误会她了，要是再生她的气，那怎么办？关系会不会更僵？

　　想到这里，林笑笑慢慢地放松自己的手，好吧，欲速则不达。

不过，放开手，林笑笑脸上挂着委屈受伤，泫然欲泣的表情，欲言又止地看着罗亦，一副想拉又怕拉，不想松开偏偏要松开的无奈样子。

嘿嘿，这一招是喻静教给她的，说什么，即使不能让罗亦心软，但是也能争取旁人的印象分啊！

果然，林笑笑看到了好几个平日里和自己关系不错的男生和女生脸上已经有了不忍的表情了。

目的达到，绝不恋战，速速收兵！

林笑笑低下头，含着眼泪，语气中带着一丝哭腔地开口："那……那我先走了！"然后，捂着脸，奔出了所有人的视线。

"林笑笑……"

身后，是她熟悉的人不忍心地在喊她的名字，隐约还有责备罗亦的声音。

跑到学校的后门口，喻静正在那里等着她。

她一脸焦急地看着林笑笑："怎么样？战果如何？"

林笑笑朝她比个 V 字的手势，两人相视一笑，一切尽在不言中。

回头，看着罗亦教室的方向，嘴角挂着一个可以称得上是邪恶的笑容：明天，以至以后的每一天，罗亦，都会有惊喜等待着你！直到你投降为止！

林笑笑抱着一束雪白的玫瑰，晃荡着双腿，没有形象地坐在学校后门的墙上，嘴里哼着小曲，眼睛看着不远处。

罗亦正左顾右盼，仔细打量了好半天后，才放心地朝后门大步走来。

刚刚走到门口，林笑笑算好时机，一个跳跃，轻松地站在罗亦的面前，脸上挂着灿烂的笑容："早上好！"

林笑笑看到罗亦的眼中闪过一抹骇然，似乎还有点恐惧。还没等林笑笑看清楚，就听到罗亦的怒吼："林笑笑！我说了我不想见到你！"她还似乎听到了他磨牙的声音。

不过，林笑笑全部都当作耳边风，笑嘻嘻地将花捧到他的面前："送给你的。白玫瑰喜欢吗？"

"拿开！"罗亦只冷冷地用眼神扫了林笑笑一眼，拒绝。

"这可是我今天一大早守在花店门口买到的，刚从花田里摘回来的哦，漂亮吧？"林笑笑献宝似的将花举到罗亦的面前，充耳不闻他的拒绝。

"我说了，拿开！"罗亦的脸黑了一半了。

"罗亦！请接受这束象征着纯洁的白玫瑰吧！"林笑笑换上一本正经的表情，诚挚地看着他。

罗亦漂亮的丹凤眼里闪过一丝丝的狼狈，不过立刻恢复了正常："如果我接受了，你是不是就不会再出现在我的面前了？"

"当然——"林笑笑爽快地点点头，没有错过罗亦眼中飞快地掠过的一抹说不清楚是放松还是失望的神情。

罗亦伸出手，接过了那束花，林笑笑才慢吞吞地说出刚才没有说完的话："当然不可能！我说了要追求你，誓不罢休的！怎么会半途而废呢？"

看着罗亦满脸的黑线，林笑笑捂着嘴偷偷地笑，嘿嘿，我说出的话，一定要做到的！

"你——"罗亦尴尬地站在那里，半天才挤出一句话来，"你怎么说话只说一半？"

林笑笑耸耸肩膀："这是我的习惯啊，你不知道吗？不过没关系，你以后会慢慢习惯的！"

林笑笑别有用意地冲罗亦微笑。

罗亦怔愣了一下，脸色有些缓和："你到底要怎么样？"

林笑笑故作惊讶地指指自己的鼻子："我要怎么样？我做得这么明显了你还看不出来啊？我又贴告示，又送花，你还看不出来我是要追求你吗？"

罗亦的脸都要绿了，瞪了林笑笑一眼："我是说，你这样做到底想怎么样？"

"很简单啊？要么你答应做我的男朋友，要么答应我做你的女朋友，两者你选一个就好了！"林笑笑吐吐舌头。

"林笑笑！"休眠火山终于爆发了！罗亦低吼一声。

"在，有什么能为你效劳的吗？"林笑笑继续嬉皮笑脸，反正她吃定了罗亦不会拿她怎么样。

"感情是不能勉强的！"罗亦憋了半天，终于憋出一句话来。

"我知道啊！"林笑笑很赞同地点点头附和罗亦的话。

"那你还天天缠着我？"罗亦无力地看着林笑笑。

"可是，我同样也赞同，感情是可以慢慢培养的啊！放心好了，我是有耐心的！我会慢慢地和你培养感情的！所以，不要着急哦！"林笑笑嘻嘻地笑着。

"……"罗亦看着林笑笑，完全无语了。

"你那天——"罗亦被林笑笑噎得半天才反应过来，试图再度开口。

"不用说了，那天你跟我表白后发生的事情，我不想解释什么，我只是要告诉你，我会让你看到我的真心的！"林笑笑挥挥手，打断了罗亦即将出口的话。

林笑笑知道那天他误会了，或者说自己的表现让他没有把握，那么从现在起，她要让他知道，林笑笑喜欢他，真真切切地喜欢他，一心一意地喜欢他！除了他，没有别人！

· 42 ·
易诚的鼓励
· I WANT TO SEND FLOWERS TO YOU ·

离开罗亦的视线，林笑笑立刻被喻静拖到了角落，关切地问："怎么样了？他是不是对他那天的想法有怀疑了？"

看着喻静热切的脸，林笑笑突然发现喻静现在比自己还热心啊！

"是啊，估计他有点动摇了！不过，不管怎么说，我的计划都做好了，怎么能半途而废呢？"

林笑笑阴阴地笑着，罗亦，你就等着接招吧。

"林笑笑啊，你不要玩过头了哦？怎么看都觉得你不是在追求罗亦，反倒像是给人家罗亦挖了个坑，就等着他往下乖乖地，心甘情愿地跳呢！"喻静一副小生怕怕的架势。

"少给我现在装慈悲，这个计划是谁帮我拟定的？是谁唆使我执行的啊？再说了，你不是说过了嘛，追人的最高境界就是，他认为是你在追他，实际上是他在追你吗？"林笑笑不客气地戳穿喻静假装的悲天悯人。

"嘿嘿……"喻静傻笑着似乎想蒙混过关。

"对了，这几天怎么没看到易诚啊？"林笑笑突然想起了

罗亦，我想把花送给你呀
/
256
/

还有这么一号人物。

"你白痴啊你，你都大张旗鼓地告诉了全天下人，你要追求罗亦了，人家就是傻子也知道你对他没意思了，肯定是躲在哪个阴暗的角落里哭泣自己逝去的恋情了，怎么会没心没肺地跑到你面前来当眼中钉啊？"喻静白了林笑笑一眼。

"好像是哦。"林笑笑挠挠头，有些不好意思地笑了，也许是吧，也许这样对大家都好吧！

"林笑笑？"真是说曹操，曹操到啊！刚说到易诚了，他就出现在她们面前了。

林笑笑和喻静愕然地看着他，一副看到天外来客的样子。

"呃，易诚，有事吗？"林笑笑跟喻静你推我我推你了半天，她还是被喻静推了出来答话。

易诚一向阳光明媚的脸上有些憔悴的痕迹，他淡淡地笑："我想跟你谈谈。"

什么？跟我谈？林笑笑犹豫地看看他，又看看喻静。

喻静一脚将林笑笑踹了出来："你们去谈吧！"然后转身闪人了。

这个没义气的家伙！林笑笑冲着喻静的背影死命地瞪她！

好半天转过头来，和易诚对看一眼，突然感觉有些别扭，多了几分尴尬。

"呃……"林笑笑张张嘴，却不知道说什么。

"我——"易诚好像也有这样的困扰。

又是令人尴尬的沉默，然后易诚开口了："那天晚上，其实我看到罗亦了，说的那些话，都是我故意的，对不起。"

"你看到罗亦了？"林笑笑吃惊地看着易诚。

"那天，罗亦跟你表白后，你跑出礼堂，我就跟在你的后面了。所以，我看到了罗亦。因为我也喜欢你，我知道他能听到我们说话，所以，我故意说了那些，让他误会了，那个——"易诚尴尬得说不下去了。

"那个——"林笑笑也尴尬地不知道怎么接话好。

终于还是易诚主动又说了起来："第二天，我知道罗亦拒绝了你，本来我很高兴的，我以为我有了机会，我本来打算过一段时间，等你冷静了，我再跟你表白的，可是，没想到，你——"易诚看了林笑笑一眼，眼中满是苦涩。

林笑笑脸一红，他是没想到她那么大胆地宣告世人，她喜欢罗亦，她要追求罗亦吧！

"看到你追求罗亦追得那么辛苦，一定是他还不相信你吧？我是要告诉你，我打算跟罗亦去解释清楚一切，让他不要误会了你，让他知道，其实你一直喜欢的就是他，没有别人！"易诚迟疑了一会儿后，开口说道。

林笑笑怔了一下，看着易诚痛苦的眼神，似乎能体会到他的心情了。她笑了笑："不用解释了，没有必要的！我跟他之间，不仅仅是因为误会。"

"可是……"易诚似乎还想说什么。

林笑笑打断他："谢谢你，放心吧，我都能搞定的！我这么大张旗鼓地追求罗亦，不仅仅是因为我喜欢他，更多的是——"林笑笑神秘地笑笑。

易诚有了一丝了悟："你的意思是，你想通过这么声势浩大的追求活动，杜绝别人对罗亦的觊觎？"

林笑笑爽快地点点头，顺便补充了一点："更重要的是，他拒绝了我，我也不会让他的日子好过！"说完，她笑得如同千年得道的狐狸。

罗亦最讨厌的就是在众目睽睽中，受人瞩目的感觉，可是，她就是要让他尝够这样的滋味！

虽然她喜欢他，可是，不代表她不能捉弄一下他，来安慰一下她被拒绝后受伤的自尊心。

易诚看林笑笑的眼神里多了一些什么，半天才回过神来，长长地舒了一口气："林笑笑啊，我现在很庆幸，你喜欢的不是我！要不，我不知道自己会怎么死的呢！"

"喊！你是标准的吃不到葡萄！"林笑笑嗤之以鼻。

易诚和林笑笑对视一眼，相视一笑，一切都在不言中了。

· 43 ·

我想把花送给你呀！

· I WANT TO SEND FLOWERS TO YOU ·

"你们看到了没有？林笑笑又捧着一束不知道是什么品种的花等罗亦了！"

"是哎，今天的花是绿色的哎，好新奇！都好几个月了，花店的品种应该都买完了吧？"

"就是啊，都感觉没有买过重复的，良苦用心，我都要被感动了，唉……"

"你们说那个罗亦也真够冷酷的呢，人家林笑笑都送了这么多花了啊，他怎么还是无动于衷，一副冷冰冰的样子啊？也就是林笑笑能忍受得了他，要是我，估计第一次被拒绝，我就死心了！"

"所以你不是林笑笑啊！"

"不过你们有没有发现啊，现在罗亦的态度比以前要好多了耶，以前死活都不肯接受林笑笑的花，脸色那个黑呀，跟包公一样，现在林笑笑送，他就收，也没那么冰冷了耶！"

"要是天天有人送花，就是石头人也要被感动了啊！罗亦虽然是千年冰块，不过，我看以林笑笑的力量，搞定他是迟早的啦！"

"我看未必啊，都这么久了，罗亦还是不冷不热的样子，怎么会被林笑笑搞定呢？我看天下没有人能让罗亦那块千年冰山融化的！"

"谁说不会？我赌林笑笑能搞定罗亦！"

"我说不会！我赌罗亦不会被搞定！"

"赌什么？"

"赌——天啊！罗亦——他……他……"

……

林笑笑微笑着听着身后的窃窃私语，这样的话，她已经听了不知道多少了，从她给罗亦送花的那天起到今天，已经过了九十九天了，今天，就要满一百天了！

期间听到过为她鸣不平的，看好戏的，劝她放弃的，给她加油的，不过大致还真都分成了两派，一派认为她能搞定罗亦，一派认为她搞不定罗亦。

现在几乎全校都群情激昂地下注了，赌到底谁能胜利。

目前持有两种不同态度人，一半对一半。

林笑笑一边朝罗亦的教室走去，稍微有点分心神，已经是第一百天了，也是罗亦对她，她对罗亦考验的最后一天了，希望他不要让她失望啊！

听到了身后的尖叫声，林笑笑回过神来，对面那个捧着一大束足足可以淹没他的玫瑰花的人，不就是罗亦吗？

他的脸上百年难得一见地挂着久违的微笑，眸子里满是笑意，还有深深的爱意。那么温柔地、坚定地看着她！只看着她！看着她慢慢地、一步一步地走向他！

恍惚间，似乎回到了那个晚上，他在台上，深情地表白！

林笑笑的眼睛一下子模糊了，泪水止不住地奔涌了出来，这么多天的坚持，这么多天的等待，终于让她等到了！

林笑笑慢慢地走到了罗亦的面前，举起手中的花，眼睛含着泪，可是嘴角却带着笑："送给你的，它代表着我的心意，你能接受吗？"

罗亦接过林笑笑的花，微微一笑，珍惜地放到一边，然后捧着他手里的那束娇艳似火的玫瑰，单膝跪下："林笑笑，我喜欢你！做我的女朋友好吗？"

好不容易勉强止住的泪水，再度涌了出来，林笑笑扑进罗亦的怀中，放声大哭起来，泪水中有委屈，有喜悦，有幸福，还有悲伤……所有的一切，她都借着泪水，发泄了出来。

罗亦紧紧地搂住林笑笑，在林笑笑的耳边喃喃低语："对不起！林笑笑！对不起！"

"哗——"

就在他们深情相拥的时候，排山倒海的掌声响起，林笑笑立刻从罗亦的怀中挣脱，抬头环顾四周，不知道什么时候，他们身边围满了同学，所有的人都在鼓掌，都在叫好。

林笑笑的脸一下子垮了，她真是自作自受啊，本来自己可以在罗亦面前撒一下娇，诉一下苦，博得罗亦的同情和怜爱的，现在却搅和进了这么多人，让她怎么好意思啊！

她今天算是知道什么叫搬起石头砸自己的脚了！

罗亦居然含笑看着她，悄悄地说了一句："林笑笑，这不就是你要达到的效果吗？"

林笑笑吃惊地抬头看着罗亦，这个家伙，居然早就看穿了她的把戏，还这么沉得住气，陪着她演戏演了这么久，看来道行最深的还是他啊！

"你怎么知道的？"林笑笑郁闷地问。

"我还不了解你嘛，你这么大张旗鼓地挖好了陷阱，就等着我跳呢！我能不好好地配合一下吗？"罗亦现在笑的样子怎么看怎么像成精了的老狐狸！

林笑笑无语。

罗亦从口袋里掏出一个锦盒。林笑笑眼睛一亮，这个不是她给罗亦买的那对耳钉的盒子吗？他还留着？

罗亦取出那只猫眼石耳钉，把它托在手心里："林笑笑，你愿意接受它吗？"

林笑笑难得有些害羞地低下头去，罗亦趁机将那只耳钉戴在了她的耳朵上，周围的掌声、尖叫声、喝彩声，响成一片。

林笑笑抬头，摸摸自己耳朵上的耳钉，总觉得有什么地方不对劲。

这个好像是她给罗亦买的礼物耶，现在却被他当成了定情信物又送给她？怎么算怎么觉得别扭啊！

还有，罗亦当时那么生她的气，怎么这只耳钉还保留着呢？记忆里似乎罗亦一直都没有将这只耳钉取下来过？

难道……

林笑笑惊愕地看着罗亦，手指哆嗦地指向他——这个家伙！扮猪吃老虎！

什么叫她挖了陷阱他跳啊？明明是他挖了陷阱，她这个白痴笨笨地跳了不说，还自鸣得意呢！

"你……你……你……"

林笑笑被这个突然发现的事实打击得连话都说不出来了，只能指着罗亦，用眼神表达她心中的不满和愤怒！

罗亦一只手搂住林笑笑的腰，一只手抓住林笑笑指着他的手，笑眯眯地在林笑笑耳边用他们两个人才能听到的音量说："不是你说的吗？我们只有两个选择，要么你做我的女朋友，要么我做你的男朋友。"

崩溃！没想到我林笑笑一直都是算计别人的，今天反而被人算计了！

不过，看着罗亦笑容里带着宠溺的样子，林笑笑的怒气慢慢地消散了，不管是谁挖了陷阱，谁跳了下去，总之，他们弄清楚了彼此的心意，这个才是最重要的啊！

林笑笑冲着罗亦微微一笑，终于释然了——这个陷阱，也许是我心甘情愿跳的哦！

完